# ペット探偵事件ノート

Pet Detective Case Notebook

## 消えたまいごねこをさがせ

作 赤羽じゅんこ Junko Akahane

絵 中田いくみ Ikumi Nakada

講談社

# ペット探《たん》偵《てい》事《じ》件《けん》ノート

## 消《き》えた まいごねこをさがせ

もくじ

# 1 とつぜんの依頼《いらい》

六月《がつ》の木曜日《もくようび》。

「ねー、宙《そら》、ちょっとまって。なんで逃《に》げるのよ。」

背中《せなか》から弥生《やよい》のとがった声《こえ》がして、ぼくは足《あし》をとめた。

学校《がっこう》からの帰《かえ》り道《みち》、まわりの子《こ》たちもぼくらを見《み》ている。

「いや、べつに逃《に》げてないよ。ただ、いそいでいて。」

「うそ。あたしのこと見《み》て、足《あし》を速《はや》めたでしょ？」

「そんなことない。」

そういったが、ほんとは足《あし》を速《はや》めていた。

だって、弥生《やよい》って、ちょっとめんどうだ。

「学級《がっきゅう》図書《としょ》のかたづけ、手《て》がたりないからやって。」とか、「ダンスの人数《にんずう》が

たりないから、入《はい》って。」とか、たのんできて。

そのくせに「もっと積極的《せっきょくてき》にしなよ。」とか、「宙《そら》ってちょっと残念《ざんねん》。」とか、ぼくの性格《せいかく》を注意《ちゅうい》する。

幼《おさな》なじみだからいうんだっていうけど、こっちは傷《きず》つく。

今度《こんど》はいったいなにをいってくるんだろうと思《おも》って身《み》がまえていると、いつになくしんけんな顔《かお》で話《はな》しだした。

「あのね、たのみたいことがあるの。」

きた、きた、やっぱり。

「うちのねこ、ソックスが、いなくなったの。まいごになっちゃったんだよ、きっと。」

「えっ、そりゃたいへんじゃん。」

ぼくはなんどかまばたきをした。予想《よそう》もしなかった展開《てんかい》だ。

「もう、心配《しんぱい》で心配《しんぱい》で。だって、ソックスって、だれか知《し》らない人《ひと》がきたら、さっとかくれちゃうくらい、おとなしいねこなんだよ。まいごになって家《いえ》に帰《かえ》れないって、どんなに心細《こころぼそ》いか……。もう、五日《いつか》もたつの。で、思《おも》いだしたの。たしか、宙《そら》のしんせきにペット探偵《たんてい》の人《ひと》、いたって。前《まえ》に話《はな》してたでしょ？」

「うん。源《げん》おじさんのことだね。」

たしかに、ぼくの母方《ははかた》のおじさんは、まいごになったねこや犬《いぬ》をさがしあてて、飼《か》い主《ぬし》のもとにとどけるペット探偵《たんてい》をしてる。

「その人《ひと》にたのんでほしいの。ソックスの捜索《そうさく》を。お願《ねが》い。」

弥生《やよい》は手《て》をあわせて、たのんできた。いつものなまいきな感《かん》じでなく、心《しん》底困《そここま》っているように。

「どうして逃《に》げちゃったの？」

「おかあさんが換気《かんき》のため、窓《まど》をあけたとき、するりって外《そと》に行《い》ったんだって。いっしゅんなのよ。ねこってすばやいから。宙《そら》はねこ、飼《か》ってないから、知《し》らないかもしれないけど。」

「少《すこ》しは知《し》ってるよ。源《げん》おじさんから話《はなし》は聞《き》いてるから。」

「ううん、ちゃんとわかってない。ソックスってね、ものすごくすばやいの。せまいところにかくれるのも好《す》きで。この前《まえ》なんか、体操服《たいそうふく》ぶくろの中《なか》にまるまって入《はい》っていたんだよ。くるんとまるくなったすがたが、かわいくてかわいくて。その日《ひ》は体操服《たいそうふく》、わざとわすれていったんだ。」

「えー、ねこのために、体操服《たいそうふく》をわすれたの?」

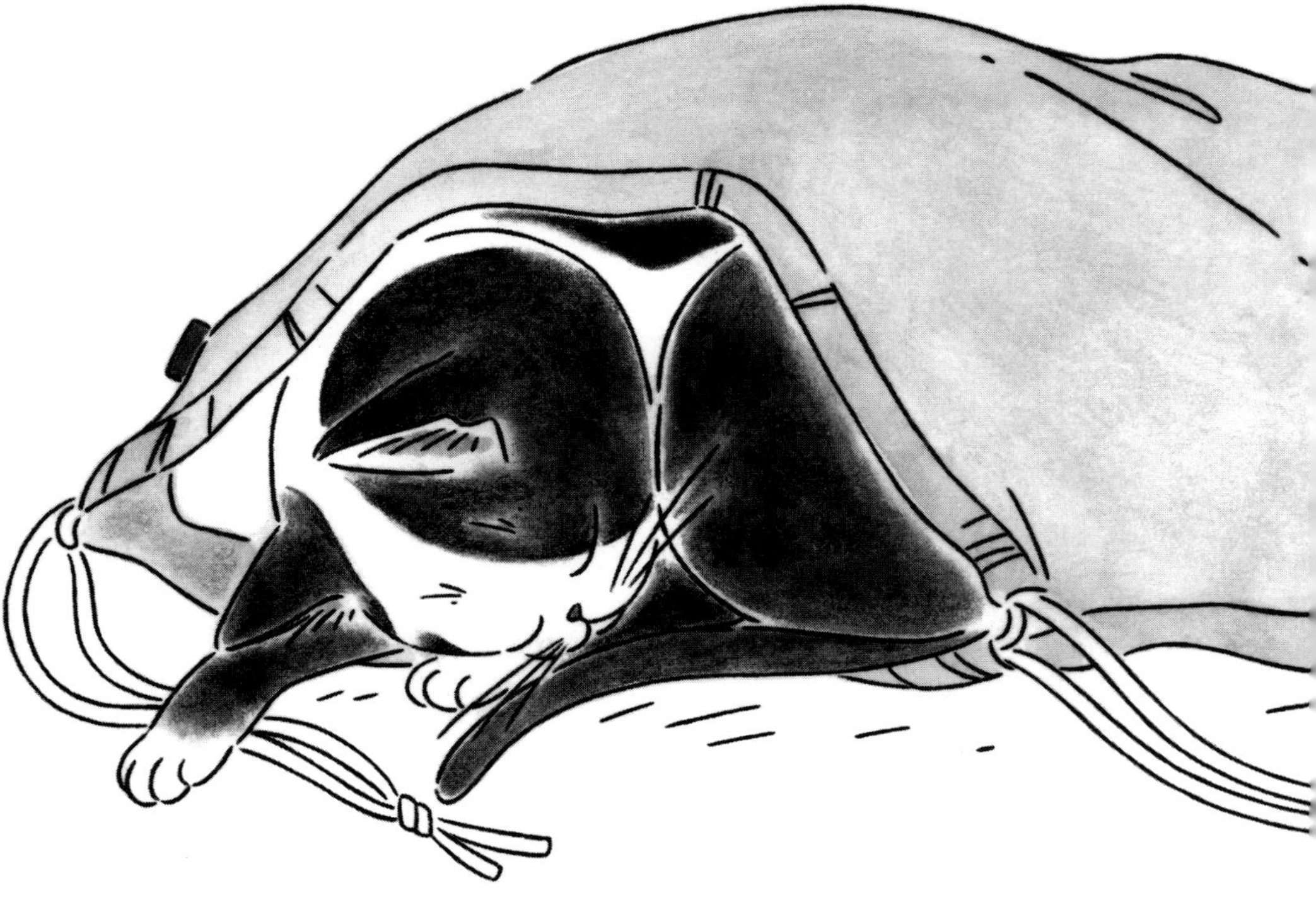

「だって、ソックスをどかすのが、かわいそうだから……。気持《きも》ちよさそうだったんだもん。あたしのくつしたで遊《あそ》ぶのも好《す》きで……。」

話《はな》しながら弥生《やよい》の目《め》が、みるみるうるんできた。最後《さいご》には、大《おお》きな涙《なみだ》がぽろっとこぼれ落《お》ちる。

「ごめん。あたし、今《いま》、へんなの。宿題《しゅくだい》も手《て》につかないし、わすれものばかりしてるし……。」

弥生《やよい》は手《て》のこうで目《め》をこすってる。こんな弥生《やよい》、はじめてだ。

ふだんはルールを守《まも》らない人《ひと》に、びしばし文句《もんく》をいう強気《つよき》キャラなのに。

「いそいでさがしたいの。今《いま》、住《す》んでいるアパートがとりこわされるから、もうすぐ引《ひ》っ越《こ》ししなきゃなのに。引《ひ》っ越《こ》しまでに見《み》つけたいのに、家《いえ》さがしのことでおかあさんはいそがしくて、ソックスの捜索《そうさく》どころじゃないのよ。」

たしか、弥生《やよい》はおかあさんと二人暮《ふたりぐ》らしのはず。

「じゃ、弥生《やよい》、今《いま》までは一人《ひとり》でさがしてたの？」

「そう。だから、心細《こころぼそ》かった。だれにもいえなかったんだ。」

こんなふうにたのまれたら、ことわれない。ソックスの命《いのち》がかかっていることだ。学級図書《がっきゅうとしょ》やダンスのこととはちがう。

「わかった。源《げん》おじさんにたのんでみるよ。」

ぼくは弥生《やよい》のスマホの番号《ばんごう》を聞《き》いてメモをし、源《げん》おじさんと連絡《れんらく》がついたらすぐに知《し》らせるといって、いったん弥生《やよい》と別《わか》れたんだ。

# 2 弥生《やよい》とソックス

ペット探偵《たんてい》の源《げん》おじさんこと、佐藤源太《さとうげんた》は、うちの近《ちか》くのアパートに一人《ひとり》で住《す》んでいる。ガハハと豪快《ごうかい》に笑《わら》う明《あか》るいおじさんで、ぼくは大好《だいす》きだ。

ぼくが小《ちい》さいころは、よく遊《あそ》んでくれた。いっしょにオンラインゲームをしたりすると、本気《ほんき》でむきになるからおもしろいんだ。勝《か》つと体中《からだじゅう》でよろこぶけど、まけるとふてくされて床《ゆか》をたたいてくやしがる。大人《おとな》なのに、子《こ》どもみたいなところがある人《ひと》だ。

ただ、しんせきの間《あいだ》での評判《ひょうばん》は、ちょっとびみょう。変《か》わり者《もの》っていわれちゃってる。大学生《だいがくせい》のとき、革《かわ》ジャンをきて、ピアスをいっぱいつけて、ハードロックを演奏《えんそう》していたせいだ。

でも、今《いま》はすっかりペット探偵《たんてい》で、動《うご》きまわりやすいようにと、いつも同《おな》じジャージばかりなんだけど。

「ね、ね、源《げん》おじさん、たのみがあるんだ。同《おな》じクラスの清水弥生《しみずやよい》って友《とも》だちのねこが、いなくなったんだ。助《たす》けてあげて。」

家《いえ》に帰《かえ》ったぼくは、さっそく源《げん》おじさんに電話《でんわ》し、弥生《やよい》から聞《き》いたことを、あれこれ伝《つた》えた。

「宙《そら》の友《とも》だちか。それなら、最優先《さいゆうせん》でひき受《う》けてあげなきゃな。五日間《いつかかん》も一人《ひとり》でさがしたってえらいよ。どれほど、心細《こころぼそ》かったか。」

たのもしい返事《へんじ》が返《かえ》ってきた。さすがぼくのおじさんだ。

「やったー。ありがとう。弥生《やよい》よろこぶよ。」

さっそく弥生《やよい》に知《し》らせようというと、「まて、まて。」ととめられた。

「一つ、確認《かくにん》しておきたい。いいにくいんだがな、いちおう、おれはプロだ。ペットの捜索《そうさく》を依頼《いらい》されるとなるとお金《かね》がかかるが、そのこと、弥生《やよい》さんは知《し》ってるのかな。」

ぐっと言葉《ことば》につまった。お金《かね》の話《はなし》はまるで出《で》なかったから。

弥生《やよい》はただ、ソックスをさがしてほしくて、あせっているって感《かん》じだった。

「お金《かね》って、いくらくらい？」

おそるおそる聞《き》く。

「おれの会社《かいしゃ》は、一日《にち》、四万円《まんえん》となっている。だいたい、ワンクール三日《みっか》で契約《けいやく》するケースが多《おお》い。高《たか》いと思《おも》うかもしれないが、それだけけいっしょうけんめい、さがす。」

「げーっ、まってよ。そ、そんなに高《たか》いの？　弥生《やよい》、だいじょうぶかな。おまけしてもらえないの？」

「そうしてやりたいけど、ペット探偵《たんてい》の会社《かいしゃ》で決《き》められているから、まけてやることはできないな。ただ、リモート捜索《そうさく》だと、格安《かくやす》だ。これは地方《ちほう》など遠《とお》いところに住《す》んでいる人《ひと》が利用《りよう》するんだが、三日間《みっかかん》で二万円《まんえん》だ。」

「リモート捜索《そうさく》？」

「こっちがオンラインで指示《しじ》をだすから、それにしたがって、飼《か》い主《ぬし》がさがすんだ。タブレットがあればできる。見《み》つかる確率《かくりつ》は、一人《ひとり》でさがすよりもぐんと高《たか》くなる。ヒアリングして、ねこがかくれていそうなところを推理《すいり》して伝《つた》えるし、ハイテクの機器《きき》もかしだすから。ただ、じっさいにさがすのは、弥生《やよい》さんと宙《そら》になるがな。」

「ぼくも？」

「手伝《てつだ》ってあげるだろ？　宙《そら》はいつも、ペット探偵《たんてい》、やってみたいっていってたし。」

たしかに、ペットの捜索《そうさく》をやってみたいって、いったことはあった。探《たん》偵《てい》って、おもしろそうだから。でも、そのたび、これは仕事《しごと》だ、遊《あそ》びじゃないってことわられたけど。

「やってみたい気持《きも》ちもあるけど、相手《あいて》が弥生《やよい》だとな。」

「なんで？　友《とも》だちだろ。」

「ちょっと、なまいきなんだよ。幼《おさな》なじみだからって、『もっと積極的《せっきょくてき》にしなよ。』とか『宙《そら》ってちょっと残念《ざんねん》。』とかいってくるんだ。」

「ハハハ。そうか。口《くち》うるさいんだな。ま、おまえは、ひっこみ思案《じあん》なところがあるから、そういうところをいっているんだろう。その子《こ》、おまえのこと、よく見《み》ているよ。」

「はっきりいわないでよ。気《き》にしてるのに。」

気《き》にしてるから、指摘《してき》されると傷《きず》つくんだ。

「だったらよけい、捜索《そうさく》を手伝《てつだ》ってあげろよ。宙《そら》が飼《か》いねこを見《み》つけたら、その子《こ》は宙《そら》にものすごく感謝《かんしゃ》する。こんりんざい、『ちょっと残念《ざんねん》。』なんていわなくなるぞ。たのもしいってなる。」

「そうかな？」

「保証《ほしょう》するね。ペットが見《み》つかると、飼《か》い主《ぬし》は、それはそれはよろこぶんだ。だから、ドーンと体当《たいあ》たりでやれ。おれはな、宙《そら》にはペット探偵《たんてい》のセンスがあるとにらんでる。」

「ぼくに？　どういうところが？」

「おれの甥《おい》っ子《こ》だからだよ。このおれの。」

ガハハハと、源《げん》おじさんはごうかいに笑《わら》いだす。

反対《はんたい》にぼくはがくっ。

なーんだ、そんな理由《りゆう》なのって。

でも、源《げん》おじさんと話《はな》して、大《おお》きな笑《わら》い声《ごえ》を聞《き》いていたら、なんだか元気《げんき》が出《で》た。

よし、弥生《やよい》より先《さき》にソックスを見《み》つけだして、「宙《そら》ってすごーい。」っていわせてやろう。ぼくはちっとも残念《ざんねん》じゃないって、見《み》せてやるんだ！

「うそーっ、そ、そんなに高《たか》いの。」

捜索《そうさく》にお金《かね》がかかることを連絡《れんらく》したら、弥生《やよい》は悲鳴《ひめい》をあげた。そして、すぐにリモート捜索《そうさく》にするっていった。二万円《まんえん》だって、高《たか》いって思《おも》ったようだが、ソックスのためだから、おかあさんにたのむというのだ。

源《げん》おじさんと連絡《れんらく》をとると、弥生《やよい》さんがいいなら、さっそくリモートで打《う》ちあわせをしようといってくれた。さがし始《はじ》めるのは早《はや》ければ早《はや》いほどいい。

弥生《やよい》もOK《オーケー》したので、ぼくは、いそいで弥生《やよい》の家《いえ》にむかう。弥生《やよい》がぼくにも立《た》ち会《あ》ってほしいというからだ。

弥生《やよい》の家《いえ》は、そよかぜ公園《こうえん》の近《ちか》くにある二階《かいだ》建ての古《ふる》いアパートで、自転《じてん》車《しゃ》で行《い》くと、五分《ふん》もかからなかった。

インターホンをおすと、同時《どうじ》くらいにドアをあけてくれた。

「入《はい》って、入《はい》って。まってたよ。」

部屋《へや》に足《あし》をふみいれて、ぼくは目《め》を見《み》はった。

「へえー、ソックスがいっぱいだ。」

部屋中《へやじゅう》にソックスの写真《しゃしん》がはってあったんだ。

おなべの中《なか》でねころんでるソックス、大《だい》の字《じ》になってくつろいでるソックス、なでられて目《め》を細《ほそ》めているソックスと、いろいろ。

ソックスは顔《かお》も目《め》も、まんまる。思《おも》わずなでてあげたくなるような、愛《あい》らしいねこだ。弥生《やよい》がめろめろになるのも、うなずける。

「さっそく、始《はじ》めよう。ここでいい？」

ダイニングのテーブルにすわり、タブレットをつなぐと、たちまち、画面《がめん》いっぱいにおじさんの大《おお》きな顔《かお》がうつしだされた。二人《ふたり》で同時《どうじ》に笑《わら》ってしまった。

「源《げん》おじさん、顔《かお》が近《ちか》いよ。ちょっとはなれて。」

「そ、そうか。悪《わる》い悪《わる》い。えっと、きみが清水弥生《しみずやよい》さんかな？」

「はい、そうです。よろしくお願《ねが》いします。」

「おれは佐藤源太《さとうげんた》。宙《そら》の叔父《おじ》にあたります。よろしく。では、まずはヒアリングをしようかな。失踪《しっそう》したペットのこと、話《はな》してくれますか？　写真《しゃしん》からすると、ソックスは和《わ》ねこで、毛《け》の色《いろ》は黒白《くろしろ》ってことでいいかな。年齢《ねんれい》と性別《せいべつ》は？」

「はい。七歳《さい》くらいのメスです。黒《くろ》と白《しろ》のぶちのねこ。背中《せなか》が黒《くろ》くて、おなかが白《しろ》いです。足《あし》の先《さき》も白《しろ》くて、くつしたをはいてるみたいだから、ソック

スって名《な》づけました。あたしが三歳《さい》のとき、ひろってきたねこで、避妊《ひにん》はしています。」

「そうか。ひろってきたんだね。ミルクをやって育《そだ》てたんだ。」

「はい。小《ちい》さくてみゃーみゃー鳴《な》いていたから、ほっとけなくて。それからは大事《だいじ》な家族《かぞく》の一員《いちいん》です。」

源《げん》おじさんはやさしく話《はな》しかけながら、捜索《そうさく》に必要《ひつよう》な情報《じょうほう》を弥生《やよい》からひきだしていく。性格《せいかく》から好《す》きな食《た》べものなんかの細《こま》かいことまで、ていねいに聞《き》いていくんだ。

でも、とちゅう、ぼくはじれったくなってしまった。ねこはまいごになっているのに、話《はな》してるだけでいいのかと。

「ね、じっさいに外《そと》にさがしに行《い》かなくていいの？　早《はや》くさがしたほうがいいんでしょ。行《い》こうよ。」

「まてまて。ヒアリングはとてもたいせつなんだ。ねこの性格《せいかく》や逃《に》げだした状況《じょうきょう》から、どこにいるのか推理《すいり》するからな。ええと、あとは、逃《に》げたときのことを、もっとおしえてくれるかな？　大《おお》きな音《おと》におどろいたからとか、窓《まど》をあけたからとか。」

源《げん》おじさんは、そのときのことを、再現《さいげん》してほしいという。

でも、弥生《やよい》は首《くび》を横《よこ》にふった。

「あたし、いなかったんです。おかあさんが換気《かんき》で窓《まど》をあけたとき、するって逃《に》げちゃったみたい。あっという間《ま》だったって。」

弥生《やよい》はベランダのある大《おお》きな窓《まど》を指《ゆび》さし、そこからという。

「宙《そら》、そこをうつして。」

ぼくはタブレットをもって移動《いどう》して、窓《まど》からの景色《けしき》を源《げん》おじさんに伝《つた》わるようにうつしていった。上《うえ》とかちょっと右《みぎ》とか、源《げん》おじさんの指示《しじ》するとおり、こまめにタブレットを動《うご》かした。

「おー、リモートでも、ちゃんとわかる。よしよし。うつし方《かた》、うまいぞ。

その調子《ちょうし》で、家《いえ》の中《なか》も見《み》せてくれ。」

ソックスのいたケージやえさ用《よう》のお皿《さら》、おもちゃなどを、次々《つぎつぎ》うつしていく。

「よしよし。ソックスのこと、たいせつに飼《か》っていたようだな。この場所《ばしょ》のいごこちが悪《わる》くて逃《に》げたわけではなさそうだ。なにかのはずみで外《そと》に出《で》てしまい、まいごになったのだろう。これから捜索《そうさく》を開始《かいし》するわけだが、一つ確《かく》認《にん》しておくよ。さっきからきみのおかあさんのすがたは見《み》えないけど、ペット探偵《たんてい》をたのむこと、ちゃんと話《はな》してあるよね？ 捜索《そうさく》を開始《かいし》するには、おかあさんのサインが必要《ひつよう》なんだ。」

「じつは……まだ、いってないんです。」

弥生《やよい》は消《き》え入《い》りそうな声《こえ》でいって、うつむいた。

「えー、なんでよ。まだ、いってないの？」

「だって、おかあさん、今《いま》、引《ひ》っ越《こ》し先《さき》をさがさなきゃならないからいそがしくて。でも、きっと、だいじょうぶ。おかあさんもソックスのこと、大好《だいす》きだから……。」

だいじょうぶといいながらも、弥生《やよい》の言葉《ことば》は歯切《はぎ》れが悪《わる》かった。

「そうか……。悪《わる》いが、捜索《そうさく》を始《はじ》めるのは、弥生《やよい》さんのおかあさんに話《はな》して、サインしてもらってからになる。会社《かいしゃ》の規則《きそく》でそうなっている。」

源《げん》おじさんは、大人《おとな》のサインをもらってからでないと、すすめられないというのだ。

「わかりました。おかあさんに話《はな》して連絡《れんらく》します。」

その日《ひ》のリモート捜索《そうさく》は、いったん終《お》わることとなった。

# 3 大人《おとな》はかってだ

きっと、捜索《そうさく》OK《オーケー》になると信《しん》じて、その日《ひ》、ずっとぼくは弥生《やよい》からの連絡《れんらく》をまっていた。でも、なかなか電話《でんわ》がかかってこない。

やっときたのは、夜《よる》、遅《おそ》くなってからだ。

「だめだったの。プロのペット探偵《たんてい》にたのむこと、おかあさん、ゆるしてくれなかった。リモート捜索《そうさく》は安《やす》いっていってみたけど、それもゆるしてくれない。もう、おかあさん、がんこでやんなっちゃう。けんかしちゃったよ。大《おお》げんか。はあーっ。」

最後《さいご》のため息《いき》の長《なが》さから、弥生《やよい》の落《お》ちこみぶりが伝《つた》わってきた。ぼくも言《こと》葉《ば》が出《で》ない。

「ひどいでしょ。でもね、おかあさん、このごろずっとようすがへん。引《ひ》っ越《こ》す先《さき》の家《いえ》が見《み》つからない、お金《かね》がないって、そればっか。ほかのことが目《め》に入《はい》らない。」

弥生《やよい》のおかあさんは、つかれきっているそうだ。新《あたら》しい家《いえ》を借《か》りるのに、家賃《やちん》のほかに敷金《しききん》とか礼金《れいきん》とかかかるし、ペット可《か》の住宅《じゅうたく》は、数《かず》も少《すく》ないし、家賃《やちん》は倍《ばい》くらい高《たか》いという。

「そんなお金《かね》、ないっていって、夜《よる》、泣《な》いていることもあるのよ。だからもう、おかあさんにたのめない。お金《かね》がないから、源《げん》おじさんにもたのめない。だから、もういい。大人《おとな》はあてにしない。あたし、一人《ひとり》でさがしだす。」

「ええーっ、今《いま》まで一人《ひとり》でさがして、見《み》つからなかったのに？」

「でも、しかたないじゃない。そうするしかないじゃない。」

弥生《やよい》は悲《かな》しげな口調《くちょう》でいう。大人《おとな》の都合《つごう》には、さからえないからと。

「そうかな？　もう一度《いちど》、源《げん》おじさんにたのんでみようよ。源《げん》おじさん、生《い》きものが大好《だいす》きでやさしい人《ひと》なんだ。ちゃんとたのめば、特別《とくべつ》に親《おや》にないしょでやってくれるかもしれない。」

「でも、親《おや》のサインが必要《ひつよう》って、はっきりいってたよ。」

「顔《かお》を見《み》て、心《こころ》をこめてたのめば気持《きも》ちが変《か》わるかもしれない。明日《あした》の放課《ほうか》後《ご》、源《げん》おじさんに会《あ》いに行《い》ってみようよ。弥生《やよい》だって、プロの人《ひと》がいたほうがいいだろ？」

自分《じぶん》でもふしぎなくらい言葉《ことば》がするすると出《で》てきた。弥生《やよい》の家《いえ》にはってあったソックスのかわいい写真《しゃしん》が頭《あたま》にちらつくからかもしれない。

「そりゃ、プロにたのめたほうがいいに決《き》まっているけど……。」

「じゃ、決《き》まりだね。それにさ。弥生《やよい》、さっきからぼくのこと、わすれてない？」

「宙《そら》のこと？」

「そうだよ。一人《ひとり》でさがす、なんていってさ。源《げん》おじさんはだめでも、ぼくはいっしょにさがすつもりだったんだぞ。」

「あーっ、ごめん。宙《そら》をまきこんじゃ、悪《わる》いかと思《おも》って。」

「なんだよ、今《いま》さら。もう、まきこまれてる。こっちは、ソックスをさがす気《き》、まんまんになってたんだぞ。もう、わすれないでよ。」

「うん。少《すこ》したよりないけど、たよりにするね。」

「なんだよ、それ。」

「ふふふ。だって、宙《そら》だもん。」

弥生《やよい》の声《こえ》がさっきより明《あか》るくなって、いつもの弥生《やよい》にもどったみたいだったので、ぼくはほっとして電話《でんわ》をきったんだ。


金曜日《きんようび》の放課後《ほうかご》、いったん家《いえ》に帰《かえ》ったあと、ぼくと弥生《やよい》はまちあわせて源《げん》おじさんの家《いえ》をたずねた。

「よう、きたな。ま、入《はい》れ入《はい》れ。」

急《きゅう》にたずねたのに、ぼくと弥生《やよい》の訪問《ほうもん》を、源《げん》おじさんはとてもよろこんでくれた。

部屋《へや》の中《なか》はあいかわらず、ちらかっていた。ねこ用《よう》のキャリーケースなど、捜索《そうさく》に必要《ひつよう》な道具《どうぐ》がところせましと置《お》いてある。

「残念《ざんねん》だったな。おかあさん、だめだっていったんだってな。会社《かいしゃ》の方《ほう》におかあさんから電話《でんわ》があった。おことわりしますって。けっこう、おこってたみたいだぞ。」

「そうなんです。おかあさん、このごろ、へんなんです。急《きゅう》におこりだしたり、泣《な》きだしたり。引《ひ》っ越《こ》し先《さき》が見《み》つからなくて、つかれているとは思《おも》うんだけど。」

弥生《やよい》の口《くち》ぶりは不満《ふまん》げだ。おかあさんとのけんかは続《つづ》いていて、口《くち》をきいてないという。源《げん》おじさんは、太《ふと》いまゆをよせる。

「ま、おかあさんもたいへんなんだろうね。ねこはつめをとぐから家《いえ》をいためる、と思《おも》われている。大家《おおや》さんがいやがるんだよ。」

「でも、それじゃ、ソックスも弥生《やよい》もかわいそうだよ。ね、源《げん》おじさん、なんとかしてあげられないい？　弥生《やよい》のおかあさんにないしょでこっそりさがすとか。ぼくも手伝《てつだ》うから。」

ぼくは源《げん》おじさんの大《おお》きな体《からだ》に手《て》をあて、ゆすりながらたのんだ。

「そうしてやりたいけど、できないんだ。弥生《やよい》さんのおかあさんが直接《ちょくせつ》、会《かい》社《しゃ》にことわる電話《でんわ》をしてきたから。どうしようもないんだ。」

「そんなぁ。契約《けいやく》とかお金《かね》とかばっかりいって大人《おとな》ってかってだよ。ぼくには、がんばって手伝《てつだ》えっていったくせに。」

弥生《やよい》もとなりで大《おお》きくうなずいている。

「そのことは、悪《わる》かったと思《おも》ってる。しかし、会社《かいしゃ》の規定《きてい》はやぶれないんだ。それにおれもいそがしくなってな。ついさっき、新《あたら》しい仕事《しごと》が入《はい》ってきたんだ。このねこをさがさないとならない。」

新《あたら》しく、別《べつ》のねこが、まいごになったので、さがしてくれと依頼《いらい》されたそうだ。

源《げん》おじさんはタブレットで、そのねこの写真《しゃしん》を見《み》せてくれた。

「うわっ、きれいなねこ。」

毛《け》がふさふさで、レースのクッションの上《うえ》にちょこんとのっているのがにあいそうな、優雅《ゆうが》さをたたえたねこだ。

「あたし、知《し》ってます。そのねこ、ラグドールって種類《しゅるい》でしょ。英語《えいご》ではぬいぐるみという意味《いみ》があるとか。」

「よく知《し》ってるな。名前《なまえ》はエリザベスだってよ。イギリスの女王《じょおう》さまと同《おな》じ名前《なまえ》をつけるって、この飼《か》い主《ぬし》、すげーよな。だが、飼《か》い方《かた》はよくないな。このねこは、肥満気味《ひまんぎみ》。飼《か》い主《ぬし》がそうとう甘《あま》やかして甘《あま》いものをやっている。こういうのはよくない。」

ふっくらしたお腹《なか》のラインを源《げん》おじさんは指《ゆび》さした。

「エリザベスはリモート捜索《そうさく》なんですか？」

と、弥生《やよい》。

「いや、ふつうの捜索《そうさく》だ。お金《かね》はいくらでもだすんだとよ。近《ちか》くだからやってくれと、おれに依頼《いらい》がまわってきた。ま、すぐ終《お》わるさ。こういう長《なが》い毛《け》の洋《よう》ねこは目立《めだ》つから、すぐ見《み》つかるケースが多《おお》いんだ。とくに、このエリザベスっていうのは、人《ひと》なつっこくて、人間《にんげん》が大好《だいす》きっていうから、早《はや》そうだ。」

こわがりなねこほど、なかなかつかまらないと聞《き》いて、弥生《やよい》が顔《かお》をくもらせた。ソックスはこわがりだっていってたから。

ぼくは話題《わだい》をかえた。

「近《ちか》くっていったけど、エリザベスの飼《か》い主《ぬし》の住所《じゅうしょ》ってどこ？」

「同《おな》じ市内《しない》だぞ。そよかぜ公園《こうえん》の近《ちか》くだったな。」

そういって、源《げん》おじさんがタブレットでしめした住所《じゅうしょ》は、緑川《みどりかわ》三丁目《ちょうめ》。

「うわ、まって。まってよ。これって、弥生《やよい》の家《いえ》のすぐ近《ちか》くじゃん。」

弥生《やよい》の家《いえ》は緑川《みどりかわ》一丁目《ちょうめ》で、地図《ちず》で見《み》ると、そよかぜ公園《こうえん》をはさんでとなりどうしだ。ぼくらは目《め》をまるくした。

「ほんとだ。近《ちか》い。近《ちか》いよ。それだったら……。」

弥生《やよい》が顔《かお》をあげて、目《め》をかがやかせた。

「エリザベスといっしょにソックスをさがすって、できないですか？　近《ちか》くなんだから。」

「同時《どうじ》にってことか？　ええっ？」

源《げん》おじさんは、体《からだ》をのけぞらせて、目《め》をぱちぱちさせた。

「エリザベスをさがすついでに、ちょっとだけソックスをさがしてもらえればいいんです。」

「そういわれてもな。」

「お願《ねが》いします。あたしも手伝《てつだ》います。なんでもします。あたし、体《からだ》が小《ちい》さいから源《げん》おじさんがのぞけない、せまいところものぞけます。助手《じょしゅ》としてつかって。」

弥生《やよい》は必死《ひっし》にたのみだした。

一人《ひとり》でやみくもにさがすより、エリザベスをさがす源《げん》おじさんに同行《どうこう》したほうが、ソックスを見《み》つけやすいって思《おも》ったんだ。

それ、いい考《かんが》えだ。

「それだったら、ぼくも手伝《てつだ》うよ。さがす人《ひと》が多《おお》いほうがいいんでしょ？」

しかし、源《げん》おじさんは太《ふと》いまゆをぎゅっとよせる。

「だめだ、だめだ。捜索《そうさく》は子《こ》どもの遊《あそ》びじゃないんだ。おまえらが、わーきゃーいったらねこは逃《に》げていってしまう。」

「さわいだりはしません。源《げん》おじさんの指示《しじ》にしたがいます。あたし、どうしてもソックスをさがしだしたい。そのためになんでもしたいんです。」

弥生《やよい》が「お願《ねが》いします。」と頭《あたま》をさげたので、ぼくも、「源《げん》おじさんさま〜。」と、おがむしぐさをする。

「いや、そういわれてもな。だめなもんはだめ。」

源《げん》おじさんは、あごをぽりぽりかきながら首《くび》を横《よこ》にふり続《つづ》けた。

でも、だめといいながらも、まよってるみたい。耳《みみ》がぴくぴく動《うご》いている。

だから、ぼくと弥生《やよい》はあきらめずに、たのみ続《つづ》けた。

ひき受《う》けてくれるまで帰《かえ》らないとおどしながら。

とうとう、源《げん》おじさんは、大《おお》きなため息《いき》をついた。

「まあ、かってについてくるっていうなら、とめられない。明日《あす》の朝《あさ》、八時《じ》にそよかぜ公園《こうえん》から捜索《そうさく》はスタートする。八時《じ》だぞ。一分一秒《いっぷんいちびょう》おくれても置《お》いていくからな。」

「やったー。」

弥生《やよい》とぼくは、手《て》をあげてハイタッチした。

# 4 プロの七《なな》つ道具《どうぐ》

土曜日《どようび》の朝《あさ》。

ねむい目《め》をこすって、あわててそよかぜ公園《こうえん》に行《い》くと、源《げん》おじさんも弥生《やよい》もすでにきて、まっていた。

「宙《そら》、遅《おそ》いよ。もう少《すこ》しで置《お》いていくところだった。」

と、弥生《やよい》。なにやら大《おお》きな荷物《にもつ》をせおってる。

「今《いま》、ちょうど八時《じ》だよ。それより、なにもってきたの？」

「ソックスが好《す》きな毛布《もうふ》。ソックスが見《み》つかったら、これをかぶせてやろうと思《おも》って。ソックス、この毛布《もうふ》、大好《だいす》きだったから。」

「うわぁ、はりきってるね。」

「あたりまえでしょ。かならず見《み》つけるよ。」

そよかぜ公園

弥生《やよい》の体《からだ》からやる気《き》が湯気《ゆげ》になってたちのぼっている。これは、ぼくががんばらないと。

「そろったから、行《い》こう。これから、おれの考《かんが》えた七《なな》つ道具《どうぐ》をつかって捜索《そうさく》するぞ。」

源《げん》おじさんがいう。

「すげー、七《なな》つ道具《どうぐ》だって。本物《ほんもの》の探偵《たんてい》みたい。」

源《げん》おじさんはがくっとずっこけた。

「ひどいな、宙《そら》。これでも本物《ほんもの》の探偵《たんてい》だぞ。ペット専門《せんもん》だけどな。」

「それで、七《なな》つ道具《どうぐ》ってなに？　どんなの？」

「今《いま》から一《ひと》つ一《ひと》つ、つかっていくから、ついてくればわかる。まず、一番目《ばんめ》は、チラシだ。ほれ。」

リュックから、『エリザベスをさがしています』とかかれた、できたてほやほやのチラシをだして見《み》せてくれた。

中央《ちゅうおう》にどーんとエリザベスの写真《しゃしん》。バックは赤一色《あかいっしょく》。黒《くろ》い文字《もじ》は大《おお》きくて、目《め》にとびこんでくるようだ。

「昨夜《さくや》のうちにつくって、さっき飼《か》い主《ぬし》にもとどけてきた。とにかく、目《め》にとまりやすくしたんだ。ついでに、これはおまけだ。」

源《げん》おじさんは「ほれ。」と弥生《やよい》にも紙《かみ》のたばをわたす。

なんと、ソックスのチラシだった。黒《くろ》と白《しろ》の毛並《けな》みでまんまるの目《め》のソックスがじっとこっちを見《み》ているかわいい写真《しゃしん》をつかっていて、連絡先《れんらくさき》もかかれている。

「うわあ、ありがとう源《げん》おじさん。うれしい。」

思《おも》わぬとつぜんのプレゼントに、弥生《やよい》はとびはねてよろこんだ。

今《いま》からエリザベスのチラシといっしょにくばることができるからだ。

「せめてチラシくらいはサービスしようと思《おも》ってな。宙《そら》に『大人《おとな》ってかってだ。』っていわれて、ぐさっときたしな。だが、会社《かいしゃ》にはないしょだぞ。」

源《げん》おじさんは、くちびるに指《ゆび》をあて、弥生《やよい》は深《ふか》くうなずく。

ぼくもうれしくなった。きびしいようなことをいっておいて、源《げん》おじさん、やっぱりやさしい人《ひと》だ。ぼくがいったことも、受《う》けとめてくれている。

「源《げん》おじさん、このチラシを、このあたりの家《いえ》のポストにいれていくんですよね。」

「そうだ。だが、やみくもにいれても効果《こうか》がない。それでペット探偵《たんてい》の七《なな》つ道具《どうぐ》、二番目《ばんめ》の登場《とうじょう》だ。」

そういって、リュックからとりだしたのは地図《ちず》だった。ぼくと弥生《やよい》のぶんも、わたしてくれる。

「地図《ちず》はとっても重要《じゅうよう》だ。おれはふつうの地図《ちず》と航空写真《こうくうしゃしん》と両方《りょうほう》つかう。今《いま》は、インターネットで手《て》に入《はい》るからな。」

源《げん》おじさんの地図《ちず》には、緑川《みどりかわ》一丁目《ちょうめ》から三丁目《ちょうめ》のあたりに、赤《あか》えんぴつで何本《なんぼん》か線《せん》をひいてあった。

「たいていのねこは、うるさい音《おと》がにがてで、交通量《こうつうりょう》の多《おお》い道路《どうろ》には近《ちか》づかない。だから、そういう大《おお》きい道路《どうろ》を赤《あか》くぬった。すると、ここに四角形《しかくけい》ができるだろう？」

たしかに、飼《か》い主《ぬし》のマンションを中心《ちゅうしん》に東西南北《とうざいなんぼく》の道路《どうろ》を赤《あか》くぬると、四角形《しかくけい》ができる。その四角形《しかくけい》の内側《うちがわ》の地域《ちいき》をまず捜索《そうさく》するという。家《いえ》で飼《か》われていたねこが、交通量《こうつうりょう》の多《おお》い道路《どうろ》をわたって、向《む》こう側《がわ》まで行《い》くことはめったにないからだ。

「この×がついているところは？」

「野良《のら》ねこがいるところだ。野良《のら》ねこのなわばりには、ふつうは近《ちか》づかないから、それもチェックしておく。」

「へえーっ。」

「そうやって、捜索《そうさく》にべんりな地図《ちず》をつくっていくんだ。それがあとで役《やく》にたつ。じゃ、行《い》くぞ。まよいねこの捜索《そうさく》、開始《かいし》だ。」

源《げん》おじさんは、力強《ちからづよ》い声《こえ》でいった。

そよかぜ公園《こうえん》の東側《ひがしがわ》にひろがる静《しず》かな住宅地《じゅうたくち》にくると、源《げん》おじさんは足《あし》をとめた。昔《むかし》からの古《ふる》い家《いえ》が多《おお》く、広《ひろ》い庭《にわ》もある地区《ちく》だ。

「おれは、このあたりが一番《いちばん》あやしいと思《おも》うんだ。後《うし》ろを見《み》ろ。」

ふりむくと、エリザベスが飼《か》われていたマンションがそびえたって見《み》えた。そのマンションからここまでの間《あいだ》、大通《おおどお》りもなく車《くるま》も少《すく》ない。緑《みどり》が多《おお》いこっち側《がわ》に、エリザベスが逃《に》げてきやすそうだというんだ。

「じゃ、ここでチラシをくばるの？」

「くばるだけじゃなく、家《いえ》に人《ひと》がいる場合《ばあい》は、手《て》わたすつもりだ。情報《じょうほう》は大事《だいじ》だからな。」

「いちいち、手《て》わたすの？　すごい手間《てま》じゃん。」

「いやいや、しっかり手《て》わたしたほうが、多《おお》くの情報《じょうほう》がよせられる。めんどうだけどな。いやなら、手伝《てつだ》わないでいいぞ。」

「いいえ、やります。やらせてください。」

弥生《やよい》はぼくをおしのけるように前《まえ》に出《で》た。それから、ギリリとにらんできた。よけいなこと、いわないでって感《かん》じに。

それから、三人《にん》でのチラシくばりが始《はじ》まった。

ぼくは源《げん》おじさんといっしょなら、チラシをくばってまわるくらい、かんたんかと思《おも》った。

だが、そうでもない。

世《よ》の中《なか》にはねこがきらいな人《ひと》もいるんだ。とつぜん、どなられたり、「ねこなんて知《し》らん。」とキツイ声《こえ》でいわれたりした。

たまに親切《しんせつ》で、熱心《ねっしん》に話《はな》してくれる人《ひと》もいるのだが、それはそれで話《はなし》が長《なが》すぎて、きりあげるのがむずかしいんだ。

玄関《げんかん》まで出《で》てきてくれない家《いえ》も多《おお》かった。チラシをポストにいれておいてとさめた声《こえ》でいわれてしまい、顔《かお》を見《み》ることもできない。

そんなときはガッカリするし、やる気《き》がそがれる。

それでもがんばって歩《ある》きまわり、チラシをくばり続《つづ》けたのだが、エリザベスやソックスを見《み》たっていう情報《じょうほう》はほとんどえられなかった。

「おかしいな。こっちにきたんじゃないのかな。」

源《げん》おじさんは、なんども首《くび》をかしげている。

「どうしていないんだろう。」

ぼくも口《くち》をとがらせた。弥生《やよい》ががんばってるから、つかれたとはいえないけど、足《あし》が棒《ぼう》みたくなっていた。

小説《しょうせつ》やドラマの中《なか》の探偵《たんてい》ってカッコいいけど、じっさいは地味《じみ》で根気《こんき》のいる仕事《しごと》だ。

三人《にん》ではげましあいながら、地図《ちず》にかいた四角《しかく》の内側《うちがわ》の家々《いえいえ》へのチラシくばりを終《お》えたころには、もう、太陽《たいよう》はほぼ真上《まうえ》で、ギラギラしていた。

「クーラーのある部屋《へや》で休《やす》みたいよ。」

そう思《おも》ってるのに、まだ、捜索《そうさく》は終《お》わりではなかった。

「これから、七《なな》つ道具《どうぐ》の三つ目《め》をつかう。」

源《げん》おじさんは、せおっていたリュックをおろし、中《なか》から小《ちい》さな黒《くろ》い機械《きかい》をとりだした。

「あ、知《し》ってます、それ、トレイルカメラってやつですね。テレビで見《み》たことがあります。」

と、弥生《やよい》。

「そうだ。目《め》の前《まえ》の動《うご》くものを、自動《じどう》で録画《ろくが》してくれるカメラ。べんりだぞ。夜《よる》もつかえるからな。ただ、どこに置《お》くかが重要《じゅうよう》だ。」

そういうと源《げん》おじさんは、アスファルトの道《みち》のどまん中《なか》にうつぶせになったんだ。

「な、なにしてるの？　いきなり。へんだよ。はずかしいよ。」

ぼくも弥生《やよい》もあわてたが、源《げん》おじさんは、大《おお》まじめ。

「ねこになって、景色《けしき》を見《み》てるんだ。ねこは人間《にんげん》の足首《あしくび》くらいの高《たか》さで周囲《しゅうい》をながめている。おまえらもやってみろ。体《からだ》を低《ひく》くするだけでいいから。」

いわれて、ぼくたちもできるだけ体《からだ》を低《ひく》く小《ちい》さくして住宅街《じゅうたくがい》をながめてみた。

「うわ、アスファルト、熱《あつ》い。たまんない。」

「そうだろ？　これなら、ねこは涼《すず》しいところに行《い》くよな。だから、しげみとかにかくれるんだ。景色《けしき》はどうだ？」

「ちがって見《み》える。ちょっとかがんだだけでも。」

ねこの視線《しせん》だと、車《くるま》とか家《いえ》って、すげー巨大《きょだい》。車《くるま》なんて、ぼくらから見《み》た、ティラノサウルスくらい大《おお》きい感《かん》じだ。

こんな巨大《きょだい》なものが音《おと》をたてて走《はし》っているところでまいごになったら、こわいにちがいない。どこかにかくれたくなるはずだ。

「よし。その気持《きも》ち、おぼえておけよ。さ、やるか。」

源《げん》おじさんは、自分《じぶん》のペット探偵《たんてい》のカンをいかし、ねこがひそみそうなところに、トレイルカメラを置《お》いていった。

ビルの日陰《ひかげ》とか、植《う》えこみの下《した》とか、駐車場《ちゅうしゃじょう》のすみとかにだ。水《みず》が飲《の》める水道《すいどう》がある場所《ばしょ》も、わすれてはいけないそうだ。

だれかの家《いえ》に置《お》かせてもらう場合《ばあい》は、ちゃんと許可《きょか》をとる。公園《こうえん》など公共《こうきょう》の場所《ばしょ》では、『エリザベスというねこをさがすために設置《せっち》しています。』と、一《ひと》つ一《ひと》つに名札《なふだ》のようなものをつけて、木《き》などにくくりつける。

「おっと、ここ、あやしいぞ。」

源《げん》おじさんは空《あ》き家《や》の側溝《そっこう》を見《み》つけて、目《め》をキランとさせた。

水《みず》をながす排水路《はいすいろ》だが、つかわれてないらしく苔《こけ》むしている。こういうせまくて暗《くら》いところにかくれていることが多《おお》いというのだ。

「よし。七《なな》つ道具《どうぐ》をつかおう。ファイバースコープだ。」

リュックから、長《なが》いケーブルの先《さき》にレンズがついている機械《きかい》をとりだした。ケーブルをのばせば、人《ひと》が入《はい》れない、せまいところものぞける。

源《げん》おじさんはケーブルの先《さき》を側溝《そっこう》にいれて、手元《てもと》の機械《きかい》をじっと見《み》る。

「今度《こんど》こそ、いてよ。お願《ねが》い。」

弥生《やよい》は手《て》をあわせて祈《いの》っている。

生《い》きものがいれば、目《め》が光《ひか》ってわかるというが、残念《ざんねん》ながら今回《こんかい》はゴミばかりだ。

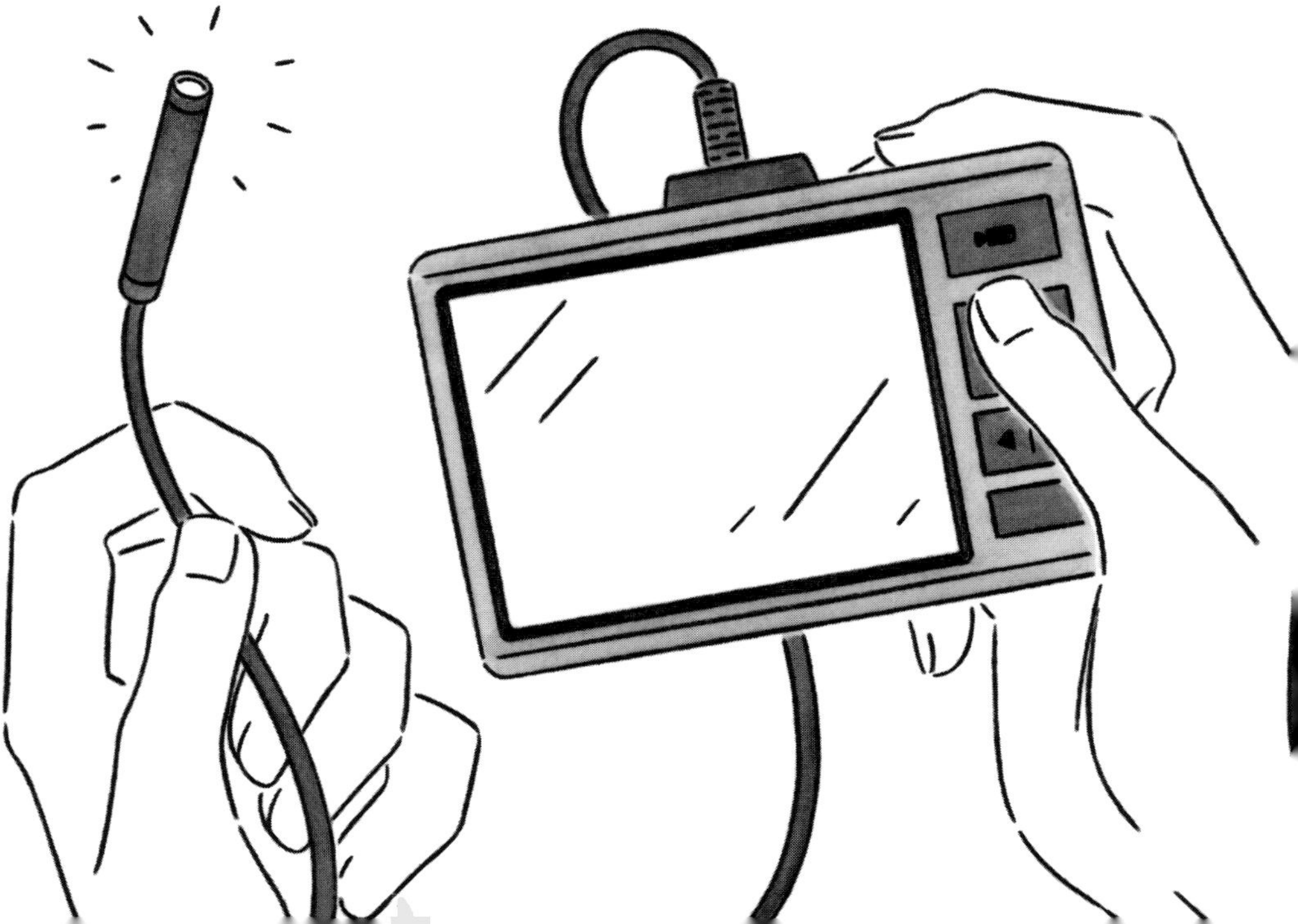

「ここもだめなの？　どうして。」

弥生《やよい》はがっくり肩《かた》を落《お》とした。

ぼくもこんなに歩《ある》きまわったのにと思《おも》ってしまう。つかれただけで、なにも手《て》がかりがないなんて。

しかし、源《げん》おじさんは、ガハハとごうかいに笑《わら》った。

「そうかんたんには見《み》つからないから、探偵《たんてい》までやとうんだよ。ま、そのうち、トレイルカメラに情報《じょうほう》が入《はい》るはずだから、そうあせるな。ねこは夜《よる》のほうが、元気《げんき》に動《うご》くからな。」

# 5 ペットは所有物《しょゆうぶつ》じゃない

「ここらで、きゅうけいしよう。ほら、飲《の》め。熱中症《ねっちゅうしょう》になったらかなわん。」

そよかぜ公園《こうえん》にもどると、源《げん》おじさんはキンキンに冷《ひ》えたジュースを買《か》ってきてくれた。

「うまっ。」

「最高《さいこう》。」

冷《つめ》たさが体《からだ》のすみずみまで、しみわたる。

「よく歩《ある》いたからな。よし、今日《きょう》のことで質問《しつもん》があるなら答《こた》えてやるぞ。」

ベンチにすわった源《げん》おじさんが、汗《あせ》をふきながらいう。

「じゃ、ペット探偵《たんてい》の七《なな》つ道具《どうぐ》をおしえてよ。①チラシ、②地図《ちず》、③トレイルカメラ、④ファイバースコープ、このあと。」

「おまえらは、なんだと思《おも》う？　考《かんが》えてみろ。」

逆《ぎゃく》に質問《しつもん》されて、とまどった。

なんだろう。

ペットをさがす、探偵《たんてい》の道具《どうぐ》だから……。

考《かんが》えてると、弥生《やよい》が、すっと手《て》をあげた。

「捕獲器《ほかくき》かな？　ねこが入《はい》ったらガシャッて閉《と》じて出《で》られなくなる檻《おり》みたいなやつ。テレビでつかってるの、見《み》ました。」

「大当《おおあ》たりだ。よくわかったな。」

「そのくらい常識《じょうしき》。いえーい。」

弥生《やよい》がぼくの顔《かお》を見《み》ながらV《ブイ》サインするから、ぼくはくやしくなる。

「ただな、捕獲器《ほかくき》をしかけても、ねこはそうやすやすと、つかまってくれないんだ。だから捕獲器《ほかくき》には、ねこのにおいがついたものをいれておいたりする。おしっこのついた砂《すな》もいい。」

「でも、捕獲器《ほかくき》に閉《と》じこめられるって、かわいそう。あたしなら、自分《じぶん》でだきあげてつかまえたいです。」

いきなり檻《おり》に閉《と》じこめられたら、こわがると弥生《やよい》はいうのだ。

「おれだって、できたら捕獲器《ほかくき》はつかいたくない。しかし、ねこは確保《かくほ》するのがとてもむずかしいんだ。プロでも逃《に》がしてしまうこともある。」

「飼《か》い主《ぬし》が名前《なまえ》を呼《よ》んでも、だめですか？」

「ああ、ねこの視力《しりょく》は悪《わる》くて人間《にんげん》の十分《ぶん》の一の、0・1から0・2。そうと

う近《ちか》よらないと、自分《じぶん》の飼《か》い主《ぬし》だとわかってくれない。」

「だったら、猛《もう》ダッシュして、ぱっとつかまえるのは？」

と、弥生《やよい》は、ねこにとびつくまねをする。けれど、それにも源《げん》おじさんは首《くび》を横《よこ》にふる。

「ちがうよ。どちらかというと、反対《はんたい》。すがたが見《み》えても、あわてて追《お》いかけないことが大事《だいじ》なんだ。」

「うそーっ。」

意外《いがい》だとぼくは、目《め》を見《み》はる。追《お》いかけちゃいけないなら、つかまえられないじゃないかと。

「もどってきてもらうんだよ。『自分《じぶん》の所有物《しょゆうぶつ》だ、とりもどさなきゃ。』は、ちがう。ちゃんとねこの性格《せいかく》を考《かんが》えて、こわくないよっていってあげて、もどってきてもらう。ねこの気持《きも》ちを尊重《そんちょう》するんだ。」

弥生《やよい》はなんどかまばたきをくり返《かえ》した。

「もどってきてもらう？」

「ああ、みんな最初《さいしょ》はまちがえる。ペット捜索《そうさく》でわすれてはいけないのはペットの気持《きも》ちだ。おれもな、やっとわかってきたんだ。失敗《しっぱい》して失敗《しっぱい》して、ねこや犬《いぬ》におそわりながら、わかってきた。」

「じゃ、もし、ソックスを見《み》つけたら、どうやってつかまえるの？」

とうぜんの質問《しつもん》だ。

ぼくも源《げん》おじさんを見《み》る。

源《げん》おじさんは、ぼくらの前《まえ》で、やってみせようといいだした。

「弥生《やよい》さん、そこで、ソックスの役《やく》、やってみて。こわがりのペットの気持《きも》ちになりきってくれ。いいか、こわがりだぞ。」

源《げん》おじさんは向《む》こうから歩《ある》いてきて、かがんでる弥生《やよい》を見《み》つけると、一時《いちじ》停止《ていし》した。それから、おもむろに、地面《じめん》にすわったんだ。音《おと》をたてず、静《しず》かに体《からだ》を小《ちい》さくする。

「次《つぎ》に名前《なまえ》を呼《よ》ぶんだけど、大声《おおごえ》で連呼《れんこ》するのはだめだ。家《いえ》で呼《よ》んでいたのと同《おな》じくらいの声《こえ》で、そっと呼《よ》ぶんだ。」

ソックス、ソックスと源《げん》おじさんがやさしくいって、弥生《やよい》がにゃおと返《かえ》した。

源《げん》おじさんが手《て》をのばす。弥生《やよい》はさっと逃《に》げるようなしぐさ。こわがりなねこになりきっているんだ。

すると、源《げん》おじさんは、すぐに動《うご》きをとめた。追《お》いかけようとしないで、じっととまっている。

弥生《やよい》が動《うご》かないようなら、また、少《すこ》しだけ近《ちか》づく。弥生《やよい》が逃《に》げそうになったら、すぐにとまる。それをくり返《かえ》し、じょじょに距離《きょり》をちぢめていく。

「うわっ、だるまさんがころんだ、みたい。」

ぼくがいう。

「それそれ、それだよ。だるまさんがころんだ、に近《ちか》い。近《ちか》づいて、手《て》がと

（おーーい……）
ソックスソックス
……
にゃお！

どきそうなところまできても、あせらない。ねこの鼻《はな》の下《した》に指《ゆび》をだして、においをかがせる。飼《か》い主《ぬし》だよとおしえてやるんだ。」

においで飼《か》い主《ぬし》だとわかれば、ねこは落《お》ちつくらしい。

「そんなにていねいにやるのね。」

弥生《やよい》はなんどもうなずいている。

「時間《じかん》がかかるが、逃《に》げられるよりましだからな。さて、今日《きょう》の捜索《そうさく》はこれで終《お》わりにしよう。家《いえ》に帰《かえ》ってゆっくり休《やす》め。明日《あす》は本番《ほんばん》。チラシやトレイルカメラからの情報《じょうほう》をもとに、本格的《ほんかくてき》にさがすからな。明日《あす》も八時《じ》だ。これるか。」

「はい。」

弥生《やよい》もぼくもうなずいた。

こうなったら、なんとしても、エリザベスもソックスも見《み》つけだしたかった。

# 6 まいごねこが消《き》えた？

日曜日《にちようび》の朝《あさ》から、ぼくらはふたたび捜索《そうさく》をした。梅雨《つゆ》じゃないみたいにかんかん照《で》りの中《なか》、くたくたになるまでさがしまわった。

しかし、二匹《ひき》の情報《じょうほう》はまったく入《はい》らなかったのだ。

「なんでなんだ？　こんなこと、今《いま》までなかった。わけがわからん。」

さっきから、源《げん》おじさんは、そよかぜ公園《こうえん》の広場《ひろば》をぐるぐる歩《ある》きまわりながら、しきりにふしぎがっている。エリザベスもソックスも、まるで手品《てじな》で消《け》されたみたいに、手《て》がかりがないからだ。

源《げん》おじさんは、じっと情報《じょうほう》をまっていたわけではない。

昨夜《さくや》はほとんど寝《ね》ないで、トレイルカメラにうつった画像《がぞう》をチェックしたり、懐中電灯《かいちゅうでんとう》をもってマンションのまわりをさがしまわったりしたという。

それでも手《て》がかりがつかめないので、今日《きょう》は、地図《ちず》の四角《しかく》の向《む》こう側《がわ》までチラシをくばってまわったんだ。なのに、エリザベスもソックスも見《み》かけたという声《こえ》が聞《き》かれない。まいごのねこがいるような痕跡《こんせき》が、まるでないのだ。

「こういうとき、どんなことが考《かんが》えられるの？」

たずねると、源《げん》おじさんは足《あし》をとめ、あごをなんどもなでた。

「だれかに保護《ほご》されたか、飼《か》われてしまったのか……。」

「そんなこと、あるの？」

「ときどきあるんだ。保護《ほご》したなら連絡《れんらく》があるはず。ないところをみると、家《いえ》の中《なか》でこっそり飼《か》われているのかもな。」

「ひどい。」とぼくは頭《あたま》をブルブルふった。弥生《やよい》も「そんな。」っていって目《め》を見《み》はってる。

「遠《とお》くに連《つ》れていかれたらアウトだ。見《み》つけるてだては少《すく》ない。だが、近所《きんじょ》のだれかに盗《ぬす》まれた場合《ばあい》は、見《み》つけだすこともできる。急《きゅう》にねこを飼《か》った家《いえ》を聞《き》きだしてたずねていき、とられたねこの場合《ばあい》、返《かえ》してもらう。」

「じゃ、ソックスもとられてしまったのかも。」

弥生《やよい》は顔《かお》を両手《りょうて》でおおった。源《げん》おじさんもせつなそうに、息《いき》をはいた。

「ありえんことではないな。今回《こんかい》は、むずかしいケースのようだ。だが、あせってもしかたない。弥生《やよい》さんも宙《そら》も、今日《きょう》は、もういいから休《やす》め。つかれただろう。なにか情報《じょうほう》が入《はい》ったら、おしえるから。」

「源《げん》おじさんはどうするの？」

「おれは、マンションと、マンションの向《む》こうをもう一度《いちど》あたってみる。」

エリザベスの飼《か》い主《ぬし》との契約《けいやく》は三日間《みっかかん》だそうだ。その三日間《みっかかん》は、できるだけのことをしたいという。

「じゃ、あたしも、やります。明日《あした》は、月曜日《げつようび》で学校《がっこう》があるから、なにもできない。だから、今日《きょう》は手伝《てつだ》いたい。」

弥生《やよい》は源《げん》おじさんのリュックのはしをぎゅっとつかむ。

「だったらぼくもやる。ここまでさがしたんだから、エリザベスもソックスも見《み》つけたいよ。二匹《ひき》が見《み》つからないのに、じっとなんかしてられないよ。」

源《げん》おじさんは「うーん。」といって、ぼくと弥生《やよい》の顔《かお》をこうごに見《み》た。それから、首《くび》を左右《さゆう》にふって小《ちい》さく息《いき》をはく。

「その調子《ちょうし》じゃ、だめっていっても聞《き》かないだろうな。だったら、おれとは別行動《べつこうどう》で、気《き》になったところをさがしてみろ。つかれすぎないように、水《みず》を飲《の》みながらやるんだぞ。あぶないことはするな。それと、念《ねん》のため、これをもっていけ。」

源《げん》おじさんはぼくに洗濯《せんたく》ネットをなげてきた。

「洗濯《せんたく》ネットだ。なんで？」

「いいからもってけ。おれの考《かんが》えた七《なな》つ道具《どうぐ》の一《ひと》つだ。役立《やくだ》つかもしれない。」

「へえ、こんなのが？　しょぼすぎだよ。」

いったいなににつかうんだろう。
疑問《ぎもん》に思《おも》いながらも、たたんだ洗濯《せんたく》ネットを、ぼくはぎゅっとポケットにおしこんだ。

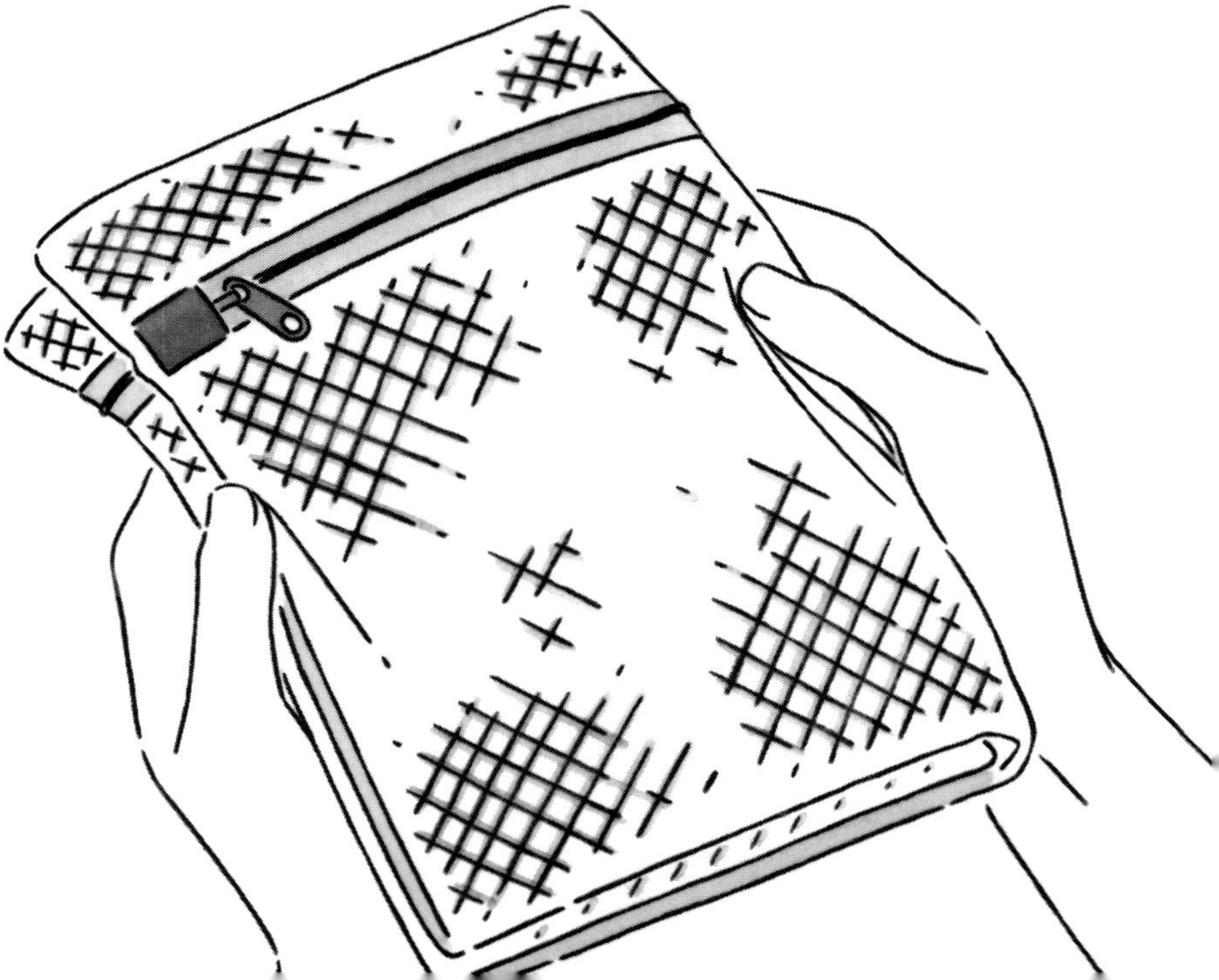

7

# 手《て》がかりをさがせ

ぼくらは、いったんお昼《ひる》を食《た》べに家《いえ》に帰《かえ》り、午後《ごご》から二人《ふたり》で捜索《そうさく》することにした。

弥生《やよい》と相談《そうだん》して、緑川《みどりかわ》二丁目《ちょうめ》の住宅街《じゅうたくがい》を、もう一度《いちど》、歩《ある》くことにした。最初《さいしょ》にチラシをくばった住宅地《じゅうたくち》で、源《げん》おじさんが一番《いちばん》あやしいといっていたから。

「宙《そら》、どんな小《ちい》さなものでもいいから、見《み》のがさないでね。白《しろ》い毛《け》があったらおしえて。それから、車《くるま》の下《した》ものぞいてよ。」

「わかってる。そんなにいわないでもやるよ。」

しげみの下《した》、車《くるま》の下《した》、自販機《じはんき》の後《うし》ろなど、一《ひと》つ一《ひと》つ見《み》ていく。また、だれかに飼《か》われている場合《ばあい》も考《かんが》えて、家《いえ》のようすも観察《かんさつ》していった。源《げん》おじさんがカーテン越《ご》しにねこの影《かげ》が見《み》えることもあるといってたからだ。

しかし、ねこがいた痕跡《こんせき》はない。ふつうなら足跡《あしあと》があったり、しげみに毛《け》がついてたりするらしいのだが、それが見《み》つけられない。

どうしよう。

こんなにないなら、ソックスもエリザベスも、悪徳《あくとく》ブリーダーのような人《ひと》に連《つ》れさられてしまったのかもと、悪《わる》いことばかり頭《あたま》にうかぶ。

最初《さいしょ》は、うるさいくらいしゃべって指示《しじ》をだしていた弥生《やよい》もなにもいわなくなった。

このまま、見《み》つからないで終《お》わるのかな。

それはあまりにもさびしい。

とちゅうから自分《じぶん》とのたたかいみたいな気《き》がしてきた。

自分《じぶん》に自信《じしん》をもつための、たたかいだ。これをやりきったら、きっと自信《じしん》がもて、積極的《せっきょくてき》になれる気《き》がする。

そう思《おも》って、くじけそうな気持《きも》ちを封印《ふういん》して、自分《じぶん》をふるいたたせた。

一つだけでも、手《て》がかりを見《み》つけたいと。

小説《しょうせつ》やアニメだと、探偵《たんてい》が困《こま》ったときは、ちょうどよくヒントがあらわれたりするんだけどな。

現実《げんじつ》はきびしい。うまくいかない。

「そうだ!」

昨夜《さくや》見《み》た、アニメのワンシーンが頭《あたま》にひろがった。小学生《しょうがくせい》の探偵《たんてい》が推理《すいり》をくりひろげるやつだ。

あの探偵《たんてい》がしていたやり方《かた》、もしかしたら、つかえるかも!

「やってみよう。だめでもいいから。」

そう思《おも》うやいなや、ぼくは住宅街《じゅうたくがい》を走《はし》りだしていた。

「まってよ。宙《そら》、どうしたの?」

弥生《やよい》の不満《ふまん》そうな声《こえ》が追《お》いかけてくる。

「はぁはぁ。あった。ここだ。」

住宅街《じゅうたくがい》のはしにあるこの地域《ちいき》のゴミ置《お》き場《ば》の前《まえ》でとまり、ぼくは肩《かた》で息《いき》をした。

そのゴミ置《お》き場《ば》は、もえるゴミ、プラスチックゴミ、資源《しげん》ゴミと置《お》き場《ば》がわかれていた。

資源《しげん》ゴミを置《お》くところは屋根《やね》がついていて、中《なか》にはいくつか、段《だん》ボールが捨《す》ててあった。

ぼくはその中《なか》に入《はい》って、段《だん》ボールを一つずつ見《み》ていった。

これもちがう、あれもちがう。

ないかな……。

「あった！」

思《おも》わず大声《おおごえ》をあげた。その段《だん》ボールには、『ねこちゃん大好《だいす》き！　キャットタワー』とかかれている。そして、真新《まあたら》しい。

資《し》源《げん》ゴミ
ねこちゃん
大好き！
キャットタワー

「弥生《やよい》、これ見《み》て！　だれかが新《あたら》しくキャットタワーを買《か》って、段《だん》ボールをここに捨《す》てたんだ。これって、新《あたら》しくねこを飼《か》い始《はじ》めた人《ひと》がいるって証拠《しょうこ》にならない？」

「ゴミが手《て》がかりね。宙《そら》、さえてる。」

「へへへ。昨日《きのう》見《み》たアニメに、探偵《たんてい》がゴミから犯人《はんにん》をさがしあてたシーンがあったんだよ。それをまねしたってわけ。」

すごいといわれると期待《きたい》したのに、弥生《やよい》は首《くび》をひねった。

「だけど、もともと、ねこを飼《か》ってた人《ひと》が、新《あたら》しくキャットタワーを買《か》うこともあるでしょ？」

「そうだけどさ。」

ぼくは自分《じぶん》のノートをとりだした。ぼくのペット探偵《たんてい》ノートとして、気《き》づいたことをメモしている。ノートには、地図《ちず》もはりつけた。そのページをひろげて、弥生《やよい》に見《み》せる。

「昨日《きのう》、聞《き》きこみしたとき、このあたりに、ねこを飼《か》ってる人《ひと》はいなかったんだ。」

源《げん》おじさんとまわったとき、ねこを飼《か》っている家《いえ》には、地図《ちず》に×マークをかきこんでいった。でも、このゴミ置《お》き場《ば》のまわりに、×のついた家《いえ》はない。そのときは、ねこを飼《か》ってるといった家《いえ》はなかったんだ。

「宙《そら》、ちゃんとチェックしてたんだ。すごい。おてがらだよ。」

「ぼくはノートにメモしたりするのが、好《す》きだからね。」

「早《はや》く、キャットタワーを買《か》った人《ひと》がだれか、つきとめよう。」

ぼくたちは、まず、ゴミ置《お》き場《ば》のとなりの家《いえ》のおばさんをたずねた。

そして、このあたりの八軒《けん》がこのゴミ置《お》き場《ば》をつかっていること、段《だん》ボールは二週間《しゅうかん》に一度《ど》、収集《しゅうしゅう》があることなどおしえてもらう。

「でも、ここの八軒《けん》とも、ねこを飼《か》ってないはずよ。」

そのおばさんもそういったので、ぼくと弥生《やよい》は目《め》をあわせて、深《ふか》くうなずいた。盗《ぬす》んだねこを飼《か》ってる場合《ばあい》、近所《きんじょ》の人《ひと》にもないしょにするはずだ。

「じゃ、このあたりの家《いえ》を見《み》てまわろう。」

最近《さいきん》ねこを飼《か》った家《いえ》はないか、手《て》がかりをさがした。

だが、塀《へい》や垣根《かきね》があって、家《いえ》の中《なか》まで見《み》えない。だれがキャットタワーを買《か》ったのか、わからない。

それでも、なにかがあるはず、と思《おも》いながら観察《かんさつ》していった。小説《しょうせつ》でもアニメでも、探偵《たんてい》はほんのささいなことから手《て》がかりをさがしだす。

「おっ。」

ゴミ置《お》き場《ば》から二軒目《けんめ》の家《いえ》で足《あし》をとめた。外《そと》にある水道《すいどう》の手洗《てあら》いに、空《あ》き缶《かん》が置《お》いてある。キャットフードの空《あ》き缶《かん》だ！

「見《み》て、ビンゴだ。」

その家《いえ》の玄関《げんかん》を見《み》ると、「米山」という表札《ひょうさつ》が出《で》ていた。

「こめやま？　珍《めずら》しい名字《みょうじ》だね。」

「よねやまって読《よ》むみたいよ。」

「そうだ。源《げん》おじさんに連絡《れんらく》しなきゃ。」

スマホをだそうとしたぼくの手《て》を、弥生《やよい》はつかんだ。

「まって。あたしたちだけで、どこまでやれるか、やってみない？」

「でも、ぼくらでどうやるの？」

「あたしにいいアイディアがある。」

弥生《やよい》は自信《じしん》ありげに、親指《おやゆび》をたてたんだ。

# 8 いたーっ！

「やっぱ、こんな作戦《さくせん》、やだよ。」

ぼくは米山《よねやま》さんちの玄関《げんかん》の前《まえ》から、後《あと》ずさりした。でも、弥生《やよい》がぼくの背《せ》中《なか》を強《つよ》くおし返《かえ》す。

「だめ。やらなきゃ。犯人《はんにん》がねこをかくしてしまったら、つかまえられないでしょ。」

「だけど、アイディアがしょぼいんだもん。」

弥生《やよい》が考《かんが》えたのは、米山《よねやま》さんに「学校《がっこう》の宿題《しゅくだい》でペットを調《しら》べている。」といって、飼《か》いねこを見《み》せてもらうというもの。自信《じしん》たっぷりにいったわりには、たいしたアイディアじゃない。直接《ちょくせつ》たずねるという、ごくありきたりのもの。

「じゃ、宙《そら》はほかにいい方法《ほうほう》、思《おも》いつくの。」

「それは……。」

口《くち》ごもった。なにもないからだ。

「でも、なんでぼくがやるのかな。弥生《やよい》が考《かんが》えたんだから、弥生《やよい》がやればいいだろ。ぼくよりずっとうまく話《はな》せそうだし。」

「あたしは昨日《きのう》、源《げん》おじさんとまわったとき、いっぱいしゃべったから顔《かお》を見《み》られてる。だから、だめよ。」

「そんなら、ぼくも近《ちか》くにいたから、見《み》られてたよ。」

「だいじょうぶ。宙《そら》はだまっていたし、影《かげ》うすいタイプだから、顔《かお》までおぼえられてないよ。」

「えー、なにそれ?」

なんだかさりげなくディスられてるような……。

「いいから早《はや》くやって。宙《そら》はエリザベスもソックスも見《み》つからなくていいの？　ねこの命《いのち》なんてどうでもいいの？」

これをいわれると弱《よわ》い。弥生《やよい》が強《つよ》くいうのは、ねこを思《おも》ってのことだから。

ぼくは覚悟《かくご》を決《き》め、米山《よねやま》さんちの玄関《げんかん》の前《まえ》に行《い》き、えいっとインターホンをおした。

「はい？」

「すみません。おたずねしたいことがあります。お願《ねが》いします。緑川小《みどりかわしょう》の四年生《ねんせい》です。」

「小学生《しょうがくせい》がなんの用《よう》かしら。」

米山《よねやま》さんは、けげんそうな声《こえ》で答《こた》える。でも、昨日《きのう》きた小学生《しょうがくせい》だとは思《おも》わなかったようだ。

やっぱり、ぼくって影《かげ》がうすいのか……。

でも、今《いま》はがっかりしている場合《ばあい》ではない。

「学校《がっこう》の勉強《べんきょう》で協力《きょうりょく》してほしいことがあって。協力《きょうりょく》してもらえないでしょうか。」

「では、今行《いまい》きます。」

しばらくしてドアがゆっくりあき、米山《よねやま》さんが出《で》てきた。おばあちゃんより年下《としした》でうちのおかあさんより年上《としうえ》くらいの感《かん》じの人《ひと》。

「どんなご用《よう》かしら？」

米山《よねやま》さんが首《くび》をかしげて聞《き》く。

「あ、あの……、じつは……。」

ぼくの胸《むね》はばくはつしそうに高《たか》なる。でも、がんばるんだと、足《あし》をふんばった。

「今《いま》、学校《がっこう》で地域《ちいき》のペットを調《しら》べる授業《じゅぎょう》をしていて、このあたりのペットを見《み》せてもらっているんです。おたくのねこ、見《み》せてもらえませんか？」

棒読《ぼうよ》みだけど、練習《れんしゅう》したとおり、全部《ぜんぶ》いうことができた。

「へんね。ねこなんて、飼《か》ってないわよ。だれがそんなことをいったのかしら。」

米山《よねやま》さんはけいかいするように顔《かお》をしかめ、こっちをにらんできた。でも、そのスカートに、白《しろ》いふわふわの毛《け》がついていた。エリザベスの毛《け》とよく似《に》ている。

やっぱり、あやしい。ここは、なんとか、がんばらないと。

ぼくは、ねこのためだと、ぎゅっとおなかに力《ちから》をいれる。

「外《そと》の水道《すいどう》に、ねこの缶詰《かんづめ》の缶《かん》がありました。こちらでつかったものですよね。ねこ、いますよね。」

米山《よねやま》さんは目《め》を見《み》はったが、さすが大人《おとな》だ。すぐににっこりする。

「あー、あれは、この前《まえ》、友《とも》だちがねこを連《つ》れてきたのよ。うちにはいないの。ごめんなさい。お役《やく》にたてないで。」

米山《よねやま》さんは、「悪《わる》いけどほかに行《い》って。」といって、ドアをしめようとした。

ピンチだ。このままじゃねこを確認《かくにん》できない。ぼくはテレビドラマの刑事《けいじ》みたいに、ドアのすきまに足《あし》をさしいれた。

「イテテテ。」

ドアに足《あし》がはさまった。

「なにしてるの。帰《かえ》りなさい。足《あし》をひっこめて。」

「スカートに毛《け》がついています。ねこの毛《け》ですよね。ぼくたちは、たのまれてエリザベスをさがしてるんです。飼《か》い主《ぬし》は、ずっと悲《かな》しんでいます。お願《ねが》いします。返《かえ》してください。」

気《き》がつくと、ひっしでさけんでいた。

まるで、弥生《やよい》がのりうつったみたいに。

「この毛《け》は……。」

ドアをしめようとしていた、米山《よねやま》さんの手《て》がゆるむ。ぼくは体《からだ》を玄関《げんかん》にいれ、もう一度《いちど》、頭《あたま》をさげた。

「ほんとうにお願《ねが》いします。ねこは家族《かぞく》なんです。かけがえのない存在《そんざい》なんです。」

頭《あたま》をさげた、そのときだ。ろうかの奥《おく》で、白《しろ》いものが動《うご》いた。

なんと、のれんの下《した》から、ちょこんと顔《かお》をだしてるのは、毛《け》がふさふさの白《しろ》いねこ。

「い、いたーっ！　ねこ。エリザベス。」

ぼくが指《ゆび》さしてさけぶのと、「しろちゃん、だめ。」と米山《よねやま》さんがいうのとがほぼ同時《どうじ》だった。

「マジ⁉　どこ、どこ。」

はなれて立《た》っていた弥生《やよい》が、玄関《げんかん》の中《なか》に入《はい》ってきた。

「向《む》こう、今《いま》、のれんの奥《おく》に入《はい》ったけど、たしかにエリザベスだった。」

「ごめんなさい。ねこをつかまえるため、入《はい》らせてもらいます。」

弥生《やよい》はぺこんとおじぎをするとくつをぬぎ、中《なか》へ。

ぼくも「おじゃまします。」といって、あとに続《つづ》く。

米山《よねやま》さんは、もう、とめなかった。

「あーあ、見《み》つかっちゃったわね。」

と、その場《ば》に、すわりこんでがっくりしていた。

そのすきに、ぼくらは、すばやくろうかの奥《おく》へ。

そこはリビングになっていて、ねこ用《よう》のケージや、キャットタワーが置《お》かれていた。ねこのためのおもちゃも、床《ゆか》にちらばっている。

エリザベスは、部屋《へや》のすみにある、ねこハウスにかくれてしまっていた。

「どうやってつかまえよう？」

ぼくと弥生《やよい》は、はたと困《こま》る。

ぼくらがねこハウスに近《ちか》づけば、エリザベスは逃《に》げてしまうだろう。

キャットタワーの上《うえ》とかに逃《に》げられたら、つかまえられない。

「うーん、困《こま》ったね。」

ぼくはいらいらと、足《あし》をふみならした。すると、ポケットのあたりがガサガサ動《うご》くのに気《き》がついた。なにか入《はい》ってる。

「そうだ。洗濯《せんたく》ネット。」

源《げん》おじさんからわたされたやつ。とりだしてひろげてみると、かなり大《おお》きい。

「これ、つかえるかも。ねこハウスごと、上《うえ》からかぶせちゃえば、エリザベスは逃《に》げだせない。でも、息《いき》はできるし、傷《きず》つけない。」

「頭《あたま》いいじゃん、宙《そら》。それ、やってみよう。」

ぼくらは、ねこハウスに洗濯《せんたく》ネットをかぶせた。おどろいたエリザベスは、ねこハウスから出《で》ようとして、洗濯《せんたく》ネットに入《はい》ってくれた。もがいてぬけだそうとあばれるが、弥生《やよい》が洗濯《せんたく》ネットごとかかえあげ、すばやくチャックをしめてくれた。

「やったー。」

「エリザベス、確保《かくほ》。」

できればとびあがってよろこびたいところだ。でも、米山《よねやま》さんのことを思《おも》って、ぼくはぐっとがまん。

米山《よねやま》さんは、さっきからすすりあげていたから。見《み》た目《め》、やさしそうな人《ひと》なのに、どうしてこんなことをしたんだろう。

「あの……、なぜエリザベスを？」

弥生《やよい》がそっと問《と》いかけると、米山《よねやま》さんはぽつぽつと話《はな》しだした。

「天使《てんし》がきたのかと思《おも》ったの。庭《にわ》のしろちゃんを見《み》たとき。家《いえ》にあったビスケットをくだいてあげたら、よく食《た》べて、水《みず》もよく飲《の》んでくれたの。かわいかった。」

そのあと、エリザベスのほうから家《いえ》に入《はい》ってきたそうだ。

「そうなったら、なんだか、返《かえ》したくなくなってね。逃《に》げたままほうっておく飼《か》い主《ぬし》より、わたしのほうがかわいがれるって思《おも》っちゃって……。」

「わかります。ねこって、ほんとうにかわいいし、いやしてくれるから。」

弥生《やよい》もしんみりした声《こえ》でいう。

「そうなのよ。家《いえ》に帰《かえ》ったとき、ねこってむかえにきてくれるの。犬《いぬ》みたいに、ぱっとよってくるんじゃなくて、のれんの下《した》からちょこっとのぞいて。おかえりって。」

「わかります。その感《かん》じ。うちもそうだったから。」

「紙袋《かみぶくろ》の中《なか》にすっぽり入《はい》ったり、とつぜん、カーテンで遊《あそ》んだり、ねこを見《み》ていると一日《いちにち》がすぐにすぎるのよ。白黒《しろくろ》だった暮《く》らしがカラーになるくらい、変《か》わったの。」

「そうそう。うちのソックスもあたしが勉強《べんきょう》してると、つくえの上《うえ》にじゃましにくるの。でも、勉強《べんきょう》をやめて、遊《あそ》ぼうとすると、どこかに行《い》っちゃうの。」

「そうよね。気《き》まぐれなところが、かわいいのよね。」

米山《よねやま》さんが、うなずく。

「でも、あたしも、ペットのねこがいなくなってさがしています。だから、エリザベスの飼《か》い主《ぬし》の気持《きも》ちも、わかります。ペットはたいせつな家族《かぞく》なんです。いなくなると、心《こころ》の一部《いちぶ》がひきちぎられたみたいにさびしいんです。返《かえ》してあげてください。」

弥生《やよい》は深《ふか》く頭《あたま》をさげた。ぼくも横《よこ》に行《い》き、同《おな》じようにする。

「そう……。飼《か》い主《ぬし》さんは悲《かな》しんでいたのね。わたし、ひどいことをしてしまったわ。ごめんなさい。しろちゃんを飼《か》い主《ぬし》さんに返《かえ》してあげてください。」

米山《よねやま》さんはそういうと、ハンカチで目《め》をおさえた。

洗濯《せんたく》ネットの中《なか》で、エリザベスが、みゃーとかぼそい声《こえ》をあげた。

# 9 ペットは飼《か》い主《ぬし》を選《えら》べない

エリザベスを確保《かくほ》したことを伝《つた》えると、源《げん》おじさんは、おどろくと同時《どうじ》にものすごくよろこんでくれた。

「でかしたぞ。大《おお》てがらだ。おどろいたな。さすがおれの甥《おい》っ子《こ》だ。どんな人《ひと》が飼《か》っていたんだ？」

細《こま》かく聞《き》かれたので、米山《よねやま》さんのようすも話《はな》した。庭《にわ》にきたエリザベスに情《じょう》がうつって、手《て》ばなせなくなってしまったことなど。

「そうか。かわいいねこを見《み》て、魔《ま》がさしたんだな。」

他人《たにん》のものとわかっているねこを飼《か》ってしまうのは、遺失物横領罪《いしつぶつおうりょうざい》、悪質《あくしつ》なケースは窃盗《せっとう》にあたる。

だが、今回《こんかい》は源《げん》おじさんの判断《はんだん》で、米山《よねやま》さんはエリザベスをしばらく保護《ほご》していたという形《かたち》にすることにした。

とても反省《はんせい》してるし、エリザベスをすぐ返《かえ》してくれたからだ。

「これから飼《か》い主《ぬし》にとどけに行《い》くが、おまえらも行《い》くか？」

「行《い》く行《い》く。」

「もちろん！」

ぼくも弥生《やよい》も即答《そくとう》。

飼《か》い主《ぬし》とエリザベスの感動《かんどう》の対面《たいめん》、ぜひ、立《た》ち会《あ》いたい。


エリザベスが飼《か》われていたのは、新築《しんちく》のマンションの一階《かい》だ。

飼《か》い主《ぬし》は、大槻優美《おおつきゆみ》さんという二十代《だい》の女性《じょせい》だそうだ。

「エリザベスに再会《さいかい》したら、きっと感激《かんげき》するぞ。」

源《げん》おじさんもうれしそうだ。

確保《かくほ》したねこを飼《か》い主《ぬし》に返《かえ》すときが、この仕事《しごと》で一番《いちばん》、やりがいを感《かん》じるのだという。飼《か》い主《ぬし》のよろこびようを見《み》ると、捜索《そうさく》の苦労《くろう》なんて、ふっとぶらしい。

だから、ぼくらも感激《かんげき》の再会《さいかい》を期待《きたい》してついていった。エリザベスをいれたキャリーバッグは弥生《やよい》がたいせつにかかえている。

まず、オートロックを解錠《かいじょう》してもらい、マンションの中《なか》へ。

「大槻《おおつき》」とかかれたドアのところで、源《げん》おじさんがインターホンをならした。

「はい。」

若《わか》い女性《じょせい》の声《こえ》。大槻《おおつき》さんだ。ぼくの胸《むね》は期待《きたい》で高《たか》なる。エリザベスとの再《さい》会《かい》を、どんなふうによろこぶかと。

でも、なかなかドアはあかなかった。

どうしたんだろうと、ぼくらが顔《かお》を見《み》あわせたときだ。

やっと、うすくドアがあき、大槻《おおつき》さんが少《すこ》しだけ顔《かお》をだす。

「こんにちは。ペット探偵《たんてい》です。エリザベスが無事《ぶじ》、見《み》つかったので、おとどけにきました。」

「あの、すみませんが、そちらでこのキャリーケースにうつしかえてもらえます？　今《いま》、カレがきてるから。カレ、ねこアレルギーで、にがてなの。」

「はっ？　また、キャリーケースにいれるんですか？　せっかく保護《ほご》したのに？」

「料金《りょうきん》はちゃんと振《ふ》りこみます。元気《げんき》だったんでしょ？　どなたかに保護《ほご》してもらえていたとか。」

「そうです。でもエリザベスも飼《か》い主《ぬし》さんにお会《あ》いしたいと思《おも》うので、うつしかえるのはご自分《じぶん》でやってもらえませんか。」

源《げん》おじさんは、しまりそうなドアを手《て》でおさえてそういう。ぼくと弥生《やよい》も、そうだ、そうだとうなずく。

「わかりました。やりますよ。」

大槻

しかたないと眉間《みけん》にしわをよせて、大槻《おおつき》さんはドアから出《で》てきた。

「ベス。あたしよ。いい子《こ》ね。カレね、もうすぐ帰《かえ》るの。そしたら、思《おも》いっきり遊《あそ》んであげるからね。まっててね。カレったら、ねこをだいたにおいとかも、にがてだっていうの。ベスにやきもちやくの。だから、ごめんね。」

そういって、源《げん》おじさんのキャリーケースからエリザベスをだし、自分《じぶん》のキャリーケースにエリザベスをうつした。たった一分《ぷん》くらいの作業《さぎょう》だ。

「ベス、元気《げんき》そうでよかった。」

大槻《おおつき》さんははじめてうれしそうに表情《ひょうじょう》をゆるめた。

「ちゃんと水《みず》を飲《の》ませてあげてください。今日《きょう》は暑《あつ》いから。」

源《げん》おじさんがあわてていう。

「わかってます。お世話《せわ》さまでした。じゃ。」

大槻《おおつき》さんは、源《げん》おじさんの目《め》の前《まえ》で、バタンとドアをしめた。すぐに鍵《かぎ》をしめる音《おと》がする。

もう、かかわらないで、といわれたかのようだ。

それに、最初《さいしょ》から最後《さいご》まで感謝《かんしゃ》の言葉《ことば》は一《ひと》つもなかった。ねこという命《いのち》ある生《い》きものではなく、宅配便《たくはいびん》を受《う》けとったかのよう。

「さ、仕事《しごと》はすんだ。帰《かえ》るか。」

唖然《あぜん》として動《うご》けないでいるぼくたちの背中《せなか》を、源《げん》おじさんはトントンとたたく。

「でも……。」

「これでいいの?」

「まあまあ、こんなこともあるんだよ、たまにはな。いい飼《か》い主《ぬし》ばかりじゃないってこと。おまえらには経験《けいけん》させたくなかったけど。」

源《げん》おじさんは肩《かた》をすくめ、ふうーっと長《なが》いため息《いき》をついた。

帰《かえ》り道《みち》、ぼくらは無言《むごん》だった。言葉《ことば》も出《で》ないって、こんな状態《じょうたい》なんだ。

でも、そよかぜ公園《こうえん》までくると、がまんしきれなくなり、文句《もんく》がふきだした。

まず、弥生《やよい》。

「あの大槻《おおつき》って人《ひと》、最低《さいてい》。なに、あの態度《たいど》？　カレがもうすぐ帰《かえ》るのでって、もしも、すぐ帰《かえ》らなかったら、その間《あいだ》、キャリーケースにいれっぱなしってこと？　それってひどくない？　ペットは物《もの》じゃないのに！」

弥生《やよい》は顔《かお》をまっ赤《か》にして、あの飼《か》い主《ぬし》からは、これっぽっちも愛情《あいじょう》を感《かん》じないと目《め》をつりあげた。

「そうだ。あれはないよ。エリザベスをさがすの、どれだけ、たいへんだったと思《おも》うんだよ。あんなに歩《ある》きまわったのに。」

ぼくだって、腹《はら》だたしいのはいっしょだ。感動《かんどう》の対面《たいめん》を期待《きたい》していただけに、拍子《ひょうし》ぬけすぎて、気持《きも》ちのもっていきようがない。

「まあな、あんな態度《たいど》をされると、やりきれないよな。宙《そら》も弥生《やよい》さんも、足《あし》が痛《いた》くなるほど、歩《ある》きまわったのにな。」

源《げん》おじさんも、太《ふと》いまゆをぎゅっとひそめ、公園《こうえん》のベンチにたおれるよう

にすわった。

「だが、おぼえておけよ。いろんな飼《か》い主《ぬし》がいるんだ。中《なか》にはいいかげんな

やつもいる。大槻《おおつき》さんは、新型《しんがた》コロナウイルスの感染症《かんせんしょう》が流行《はや》ったとき、大《だい》

学生《がくせい》だったそうだ。人《ひと》に会《あ》えないでさびしいとき、ペットショップで一目《ひとめ》ぼ

れしてエリザベスを飼《か》ったといっていた。就職《しゅうしょく》したら気持《きも》ちが変《か》わったんだ

な。いそがしくなり、大好《だいす》きなカレもできて、ペットはほったらかしって感《かん》

じだな。」

いちおう飼《か》い主《ぬし》としての責任《せきにん》を感《かん》じたので、ペット探偵《たんてい》に依頼《いらい》したってだ

けで、エリザベスをまちわびていたふうでもない。

「あの人《ひと》より、米山《よねやま》さんのほうがずっとかわいがってたよ。」

エリザベスと別《わか》れがたそうにしていた米山《よねやま》さんの表情《ひょうじょう》を思《おも》いだす。エリザ

ベスのためのおもちゃが部屋中《へやじゅう》に置《お》いてあって、愛情《あいじょう》をかけていたのが伝《つた》わってきた。

「ああ、そうかもしれないな。でも、ねこは飼《か》い主《ぬし》を選《えら》べない。それにわすれてはいけないのは、どんなにかわいくても、愛《いと》しくても、他人《たにん》の物《もの》を横《よこ》どりするのはいけないことだ。それは、窃盗《せっとう》だからだ。ま、そうはいっても……。」

源《げん》おじさんは、遠《とお》くを見《み》る目《め》をして話《はな》しだす。現在《げんざい》の日本《にほん》のペット事情《じじょう》はゆがんでいるのだと。

「ネットでねこや犬《いぬ》が手軽《てがる》に買《か》える時代《じだい》だ。SNS《エスエヌエス》で、ペットの画像《がぞう》をこれでもか、これでもかとながして、『かわいい、かわいい。』ってもちあげてるだろ。」

ぼくも弥生《やよい》もうなずいた。ペット動画《どうが》はぼくも大好《だいす》きだ。

「それを見《み》て、つい、ほしくなって、すぐに買《か》ってしまう。スマホをポチッとすれば、命《いのち》でもかんたんに買《か》えてしまうんだ。だがな、生《い》きものってかわいいばかりじゃない。病気《びょうき》もするし、わがままだったりもする。生《い》きものは、手《て》がかかる。そこがわかってないで、飼《か》ってしまって、もてあましてしまうことも多《おお》いんだ。」

「うまく飼《か》えないなんて、あるの？」

「あるよ。この前《まえ》のケースだとな、購入《こうにゅう》したねこが自分《じぶん》に思《おも》ったようになつかない、動画《どうが》みたいにかわいくないっていって、ねこを外《そと》に逃《に》がしてしまったんだ。つまり、わざと捨《す》てたんだよ。ひでぇだろ？　おれ、となりの人《ひと》にたのまれて、そのねこをさがしだしてね。これ、おたくのペットじゃないですかって、いいに行《い》ったんだ。でも、『そんなねこ、知《し》りません。』って知《し》らん顔《かお》された。」

「ひどい。気《き》にいらないから捨《す》てるって、ゆるせない。」

「そうだよ。物《もの》じゃなくて、生《い》きてるのに。」

「でも、そんなケースが少《すく》なくない。生《い》きものはにおいがするのはあたりまえだけど、くさいっていって、消臭剤《しょうしゅうざい》をたくさんふきかけたやつも見《み》たな。」

「ひえー。」

弥生《やよい》が顔《かお》を左右《さゆう》にふった。

「ペットを飼《か》う人《ひと》って、みんなかわいがるのかと思《おも》ってた。」

「たいていはかわいがる。ほとんどがいい飼《か》い主《ぬし》だ。けど、かわいがり方《かた》が、ゆがんでいる飼《か》い主《ぬし》も、たまにいるんだ。『うちのワンちゃんがいたがるから、狂犬病《きょうけんびょう》の予防接種《よぼうせっしゅ》はしたくない。』とかいいやがるやつだ。狂犬病《きょうけんびょう》の予防接種《よぼうせっしゅ》は法律《ほうりつ》で決《き》められているが、しようとしない。ほかにも、せまいリュックにペットをおしこめて、旅行《りょこう》に連《つ》れていくやつにも出会《であ》ったな。そのリュックから犬《いぬ》が逃《に》げて、旅行先《りょこうさき》で捜索《そうさく》をたのまれたんだ。」

「リュックにいれて旅行《りょこう》って、犬《いぬ》は、病気《びょうき》にならないの？」

「なるよ。その犬《いぬ》、無事《ぶじ》に見《み》つけたんだが、一日中《いちにちじゅう》せまいリュックの中《なか》にいたせいで、脱水症《だっすいしょう》になりかかっていた。おまけに、足《あし》も骨折《こっせつ》していたんだ。でも、飼《か》い主《ぬし》はけろっとしてこういう。『家《いえ》で一人《ひとり》でるすばんさせるより、いっしょにいたほうがいいかと思《おも》って。』ってな。こんなひどい例《れい》が山《やま》ほどあるんだ。」

源《げん》おじさんは口《くち》をひんまげて、頭《あたま》を左右《さゆう》にふった。

「うわぁ……。」

ぼくは聞《き》いていて、むかむかしてきた。だって、生《い》きものは、声《こえ》をあげられない。どんな扱《あつか》いをされても、ペットは飼《か》い主《ぬし》が大好《だいす》きなのに……。

そう思《おも》うと、エリザベスを大槻《おおつき》さんに返《かえ》したのは、いいことだったのだろうか。あのまま、米山《よねやま》さんのところにいたほうが、エリザベスにとっては幸《しあわ》せだった気《き》がしてしまう。

ぼくが考《かんが》えこんでいると、弥生《やよい》が、しぼりだすようにつぶやいた。

「エリザベスは見《み》つかったのに、ソックスは、どうして見《み》つからないのかな？　だれか親切《しんせつ》な人《ひと》のところにいるならいいけど……。」

「そうだな。ここまでさがしていないのは、おかしいな。ま、チラシはたくさんまいてある。あとから情報《じょうほう》がくることもあるから、あきらめず、少《すこ》しずつ、さがすことだ。」

源《げん》おじさんは弥生《やよい》の背中《せなか》をやさしくさすり、弥生《やよい》は手《て》のこうで目《め》のあたりをこすってる。

ぼくもせつなくなった。

こんなに弥生《やよい》がまっているのに、ソックスは、いったいどこにいるんだろう。

# 10 保護《ほご》ねこカフェ

それは、弥生《やよい》の発案《はつあん》だった。米山《よねやま》さんを保護《ほご》ねこカフェに連《つ》れていこうというもの。

飼《か》えなくなったねこを保健所《ほけんじょ》にもちこむと、殺処分《さつしょぶん》という形《かたち》で命《いのち》がうばわれる可能性《かのうせい》がある。そうならないように、新《あたら》しい里親《さとおや》とねことのマッチングを手助《てだす》けしているところが、保護《ほご》ねこカフェだ。

そこで米山《よねやま》さんに新《あたら》しいねこをひきあわせて、里親《さとおや》になってもらおうというのだ。

「ペット探偵《たんてい》って、みんなが幸《しあわ》せになるために働《はたら》くんでしょ。米山《よねやま》さんのこと、ほっとけない。あたしたちも動《うご》こうよ。」

「でも、そういうの、おせっかいじゃないの。」

ぼくたちは、米山《よねやま》さんからエリザベスをひきはなした側《がわ》だ。そういうことをしておいて、今《いま》さら、別《べつ》のねこを紹介《しょうかい》っていいんだろうか。もしかしたら、ぼくたちのこと、おこっているかもしれないし。

でも、弥生《やよい》はちがうという。

「ケージやキャットタワーまで用意《ようい》したのに、ねこがいないってさびしすぎる。ねこがいるぬくもりを、もう一度《いちど》、感《かん》じてほしいの。ねことの暮《く》らしって、それはもう、いいものだから。宙《そら》はねこを飼《か》ったことないから、わからないのよ。」

けっきょく、弥生《やよい》におしきられた。弥生《やよい》の情熱《じょうねつ》には、かなわない。

学校《がっこう》が早《はや》く終《お》わる水曜日《すいようび》、二人《ふたり》で米山《よねやま》さんに会《あ》いに行《い》った。

インターホンをおして出《で》てきた米山《よねやま》さんは、予想《よそう》どおりめいわくそうな顔《かお》をした。

「まだ、なにか？　もう、ねこは返《かえ》したでしょ。」

ドアをしめようとした米山《よねやま》さんに、弥生《やよい》はまってという。

「保護《ほご》ねこカフェに行《い》きませんか？　米山《よねやま》さんに、新《あたら》しいねこを紹介《しょうかい》したいんです。これ、見《み》てください。」

弥生《やよい》は自分《じぶん》のスマホを米山《よねやま》さんにさしだした。保護《ほご》ねこカフェのホームページを見《み》てもらうために。

「ちょっとまって。」

米山《よねやま》さんは、めがねをかけて、弥生《やよい》のスマホの保護《ほご》ねこカフェのページを読《よ》んでいく。

「へえー、審査《しんさ》にとおればねこを譲渡《じょうと》してもらえるのね。でも、わたしでも、審査《しんさ》にとおるかしら？」

「じっさいに譲渡《じょうと》してもらうには条件《じょうけん》があるそうです。一人暮《ひとりぐ》らしの方《かた》は、ご自分《じぶん》が体調不良《たいちょうふりょう》になったとき、ねこをひきとる保証人《ほしょうにん》が必要《ひつよう》です。」

「まあ、案外《あんがい》、きびしいのね。」

「はい。でも、それは捨《す》てられてしまう、不幸《ふこう》なねこをつくらないためなんです。」

「大事《だいじ》なことね。うーん。保護《ほご》されたねこの里親《さとおや》になるのか……。」

米山《よねやま》さんは、天井《てんじょう》を見《み》あげてしばし考《かんが》える顔《かお》。気持《きも》ちがゆれうごいているみたい。

「行《い》ってみるだけでも、どうですか？　ひきとるかどうかはあとで考《かんが》えるとして。」

弥生《やよい》が背中《せなか》をおすようにすすめる。ぼくも思《おも》いきっていう。

「不幸《ふこう》なねこをへらすため活動《かつどう》しているところです。けっしてあやしい施設《しせつ》ではありまへん。」

いきおいあまって、「ありません。」が「ありまへん。」になってしまった。はずかしくて顔《かお》が熱《あつ》くなる。

けど、それが空気《くうき》をなごませたみたい。

「やだっ、宙《そら》。」とぼくをたたいて笑《わら》う弥生《やよい》につられて、米山《よねやま》さんも表情《ひょうじょう》をゆるめ、クスクスと笑《わら》いだしたから。

「そうねぇ。一人《ひとり》で行《い》く勇気《ゆうき》はないけど、お二人《ふたり》がいっしょについてきてくれるなら、行《い》ってみようかしら。」

「わーい。もちろん、いっしょに行《い》きます。米山《よねやま》さんのこと、気《き》になってたんです。エリザベスがいなくて、さびしくなったんじゃないかって。」

「まあ、ありがとう。そうなの。毎日《まいにち》、あのしろちゃんのこと、考《かんが》えちゃって。ただいまっていうと、そっと顔《かお》をだしてくれてたから。でも、それじゃだめね。前《まえ》にすすまないとね。」

米山《よねやま》さんは力強《ちからづよ》くうなずいてくれた。

今回《こんかい》はぼくたちの家《いえ》から一番近《いちばんちか》くにある『ねこハウスゆうゆう』に、おじゃますることにした。源《げん》おじさんもよく知《し》っているところで、事情《じじょう》を話《はな》したら、ここがいいだろうと予約《よやく》をしてくれた。

本来《ほんらい》なら、『ねこハウスゆうゆう』は、子《こ》どもは受《う》けいれない。ねこは静《しず》かな環境《かんきょう》が好《す》きで、とつぜんの大声《おおごえ》とかバタバタした足音《あしおと》とかを、いやがったりするからだ。

でも、源《げん》おじさんの紹介《しょうかい》だからと、今回《こんかい》だけ特別《とくべつ》にぼくたちもいれてもらえることになった。もちろん、急《きゅう》に追《お》いかけたり、大声《おおごえ》をだしたりしないと約束《やくそく》をした上《うえ》でだ。

源《げん》おじさんは別《べつ》の仕事《しごと》が入《はい》ってしまい、今回《こんかい》は同行《どうこう》しないという。

だから、ぼくと弥生《やよい》の二人《ふたり》で、もよりの駅《えき》で、米山《よねやま》さんとまちあわせをし、スマホの地図《ちず》を見《み》ながらむかった。駅《えき》からは五分《ふん》、ねこの顔《かお》の看板《かんばん》のカフェはすぐにわかった。

『ねこハウスゆうゆう』はカフェだけど、インターホンがあった。ねこが逃《に》げないようにするためだ。弥生《やよい》がおすと、「いらっしゃいませ。」とスタッフのおねえさんが出《で》てきてくれた。エプロンに名札《なふだ》がついていて、「ゆこ」とかいてある。

入場料《にゅうじょうりょう》をはらったあと、ねんいりに手《て》の消毒《しょうどく》をして、スリッパにはきかえて、やっと入《はい》れる。人間《にんげん》のもつウイルスからねこを守《まも》るためきびしくしているそうだ。

弥生《やよい》はねこと遊《あそ》べるとはしゃいでいたが、ぼくも米山《よねやま》さんも緊張《きんちょう》していて、弥生《やよい》についていく形《かたち》でカフェに入《はい》る。

「うわあ、すてき。」

まず、弥生《やよい》が声《こえ》をあげた。

カフェの中《なか》でまず目《め》がいったのは、天井《てんじょう》までの大《おお》きなキャットタワー。まるでシンボルツリーみたいにどっしりとカフェのまん中《なか》にある。そのまわりに、ぐるりとテーブルとソファが設置《せっち》されていた。

上《うえ》を見《み》あげると、キャットウォークという木《き》の道《みち》が天井《てんじょう》にはりめぐらされていて、ねこが歩《ある》いていた。ねこの気持《きも》ちになって、ねこが運動《うんどう》できるよう、つくられたカフェだ。

「今《いま》は保護《ほご》ねこが五匹《ひき》、暮《く》らしているんですよ。おのおのお気《き》に入《い》りの場所《ばしょ》があるんです。」

すぐに足《あし》もとによってきた人《ひと》なつっこいねこもいた。三毛《みけ》ねこだ。ほかにも、茶色《ちゃいろ》でしまのねこや白《しろ》ねこは、遠《とお》まきにぼくらをうかがっていた。「へんなのがきたぞ。」と考《かんが》えているかのよう。

「この子《こ》たちが保護《ほご》ねこなのね。みんなかわいいじゃない。」

米山《よねやま》さんもきょろきょろ店内《てんない》を見《み》まわしている。

「いろんな性格《せいかく》のねこがいるんです。今《いま》よってきたこのねこは人《ひと》なつっこいんですが、ここにきてから、ずっとかくれて、えさのとき以外《いがい》は出《で》てこない

ねこもいるんですよ。」

スタッフのゆこさんが説明《せつめい》してくれた。

「出《で》てこないのは、どのねこですか？」

と、弥生《やよい》。

「いつも、そっちのすみのねこハウスの中《なか》にかくれているんです。早《はや》く人《ひと》になれてほしいんですけどね。」

ゆこさんは、すみっこにポツンと置《お》いてある、ねこハウスを指《ゆび》さした。

# 11 再会《さいかい》、そして

保護《ほご》ねこカフェにきて、十五分《ふん》ほどたっただろうか。

「きゃーっ、うそーっ。」

弥生《やよい》が悲鳴《ひめい》みたいな声《こえ》をあげたんだ。

「声《こえ》、だめだろ。静《しず》かにしなくちゃ。」

ぼくはすぐにかけより、しっと口《くち》に指《ゆび》をあてた。大声《おおごえ》をあげないという約《やく》束《そく》できているから。

「そ、そうだけど、今《いま》のねこ、ソックスにそっくり。うりふたつ。まさか、ソックスじゃないよね。」

ひとみしりのねこが気《き》にかかり、見《み》てみたいとねこハウスに近《ちか》づいたとき、中《なか》から黒《くろ》っぽいねこがとびだしたという。そして、かざり棚《だな》のうらのせまい場所《ばしょ》に逃《に》げこんでしまったというのだ。その黒《くろ》っぽいねこが、ソックスにそっくりだと、弥生《やよい》はいいはる。

「まさか。だって、ここには、保護《ほご》ねこがいるんだろ？」

「まいごになったソックスが、だれかに保護《ほご》されたのかも？」

「そんなことあるかな？　ソックスに会《あ》いたすぎて、ほかのねこがソックスに見《み》えたんじゃないか？」

「どうかしましたか？」

ゆこさんがたずねてくれた。

「今《いま》のねこ、あたしのいなくなったねこみたいなんです。あのねこ、背中《せなか》は黒《くろ》くて、おなかは白《しろ》い感《かん》じじゃないですか？　そして、足《あし》の先《さき》が白《しろ》いのでは？　ソックスをはいているみたいに。」

「そ、そうよ。前足《まえあし》と後《うし》ろ足《あし》、全部《ぜんぶ》、先《さき》だけ白《しろ》いのよ。それに名前《なまえ》もソックスだと聞《き》いています。」

ゆこさんはおどろいたと、口《くち》に手《て》をあてる。

「やっぱり。ねえ、ソックス、あたし、あたしだよ。ソックス。」

ねこがかくれたすきまに、手《て》をいれようとする弥生《やよい》を、ぼくはやめろととめた。

「弥生《やよい》、追《お》いかけちゃだめだよ。もっと奥《おく》にかくれちゃうよ。」

「だって、出《で》てこない。ソックス、あたしのこと、わすれちゃったのかな？」

「ちがうよ。ほら、源《げん》おじさんがいってただろ。ねこは目《め》が悪《わる》いって。視力《しりょく》が人間《にんげん》の十分《ぶん》の一とか。弥生《やよい》のこと、見《み》えてないんだよ。落《お》ちつけよ。ほら、深呼吸《しんこきゅう》。」

弥生《やよい》はじゅうたんがしいてある床《ゆか》にぺたんとすわりこんで、スーハーと息《いき》をした。

「そうだ。『取《と》りもどす。』ではなくて、『もどってきてもらう。』だって、源《げん》おじさん、いってた。あせっちゃだめだね。」

弥生《やよい》は軽《かる》く胸《むね》をたたいて、自分《じぶん》にいい聞《き》かせる。

そこにゆこさんが、えさをもってきてくれた。えさでおびきだすといいといって。

弥生《やよい》は、ソックスが入《はい》ったすきまの出口《でぐち》にえさを置《お》き、はなれたところでじっとまった。しばらくすると、ソックスはおずおずと顔《かお》をのぞかせ、えさのにおいをかぐ。弥生《やよい》やぼくらが、つかまえにこないとわかると、いそいで食《た》べだした。

「やっぱりソックスだ。ソックスだよ。」

弥生《やよい》がぼくのズボンをひっぱって興奮《こうふん》した声《こえ》でいう。

「でも、なんで？　ソックスがここに？」

「このねこは、飼《か》い主《ぬし》さんが、引《ひ》っ越《こ》さないとならないのに、ペット可《か》の引《ひ》っ越《こ》し先《さき》が見《み》つからないと、泣《な》く泣《な》く連《つ》れてきたんです。いい飼《か》い主《ぬし》がいれば、飼《か》ってもらいたいと。」

「えーっ！　おかあさんがここに連《つ》れてきたの⁉」

弥生《やよい》はふたたび、声《こえ》をあげ、その声《こえ》におどろいて自分《じぶん》の口《くち》をおさえた。予《よ》想外《そうがい》すぎて、どうしていいかわからないって感《かん》じに。

ゆこさんが説明《せつめい》する。

「ほんとうは飼《か》い主《ぬし》の事情《じじょう》で手《て》ばなすねこはあずかりません。でも、とてもせっぱつまっていて、憔悴《しょうすい》していらしたので。」

弥生《やよい》は頭《あたま》をかかえた。

「おかあさんったらひどい！　おかあさんの態度《たいど》がへんだったのは、そのせいだったんだ。ペット探偵《たんてい》もたのまないっていうし。でも、そうならそうと、あたしにいうべきよ。」

「そうだったの。知《し》らないでごめんなさいね。あなたにだまって連《つ》れてきたのなら、ひどい話《はなし》だわ。さぞかし、心配《しんぱい》したでしょ。つらかったわね。」

ゆこさんは、弥生《やよい》の肩《かた》に手《て》をあて、やさしくさすった。

「はい。ずっとさがしていました。それが、ここにいたなんて。でも、生《い》きててくれてよかった。ほんとによかった。」

弥生《やよい》はえさをさっきより自分《じぶん》に近《ちか》いところに置《お》いた。ソックスがそのえさまで出《で》てくると、より自分《じぶん》に近《ちか》いところにさらに置《お》く。

じょじょに距離《きょり》をちぢめる作戦《さくせん》、つまり、「だるまさんがころんだ」に似《に》てるやつだ。

ソックスは少《すこ》しずつ弥生《やよい》に近《ちか》づいてきた。だが、まだ、いつでも逃《に》げだせる体勢《たいせい》だった。ぴんとたった耳《みみ》が、ぴくぴく動《うご》いている。

「においだよ。弥生《やよい》、においをかがせるって、源《げん》おじさん、いっていた。」

小声《こごえ》でささやくと、弥生《やよい》はうなずいた。

そして、そっとソックスの鼻《はな》の下《した》に自分《じぶん》の指《ゆび》をさしだした。

ぼくは、思《おも》わず目《め》をつぶった。ソックスが、びくっと体《からだ》をふるわせたからだ。

でも、そのあとゆっくり目《め》をひらくと、ソックスは逃《に》げだしてはおらず、弥生《やよい》の指《ゆび》のにおいをかぎだしていた。弥生《やよい》はじっと置物《おきもの》のように動《うご》かずに、ソックスを見守《みまも》っている。

「ソックス、あたしよ。思《おも》いだして。ほら、いっしょに寝《ね》たよね。だっこしたよね。」

あくまでおどろかさないように、そっと話《はな》しかける。

すると、どうだろう。ソックスが弥生《やよい》の指《ゆび》に鼻先《はなさき》をつんつんとおしつけだしたんだ。甘《あま》えるように。

やったー。飼《か》い主《ぬし》だとわかった瞬間《しゅんかん》だ！

うれしさとほっとした気持《きも》ちが、体中《からだじゅう》をかけめぐっていく。

がんばって、さがしまわって、やっと再会《さいかい》できたんだ。

弥生《やよい》があごの下《した》をさわっても、ソックスはもう逃《に》げださない。それどころか、ゴロゴロとのどをならしだした。そんなにのどをならしたら、のどがとれてしまうのではないかと思《おも》うほど。

「よかった。ソックスだ。ソックスに会《あ》えた。もう、絶対《ぜったい》にはなれない。あたし、このねこ、連《つ》れて帰《かえ》ります。」

弥生《やよい》は愛《いと》おしそうにそう宣言《せんげん》。もう、二度《にど》と手《て》ばなさないといいだす。でも、ゆこさんは、つらそうに目《め》をふせた。

「すぐにわたすことはできないの。おかあさんの気持《きも》ちをたしかめないと。」

保護《ほご》ねこカフェでは、譲渡《じょうと》するとき、審査《しんさ》がある。それに合格《ごうかく》したあと、

二週間《しゅうかん》のトライアル期間《きかん》があり、さらに面談《めんだん》で、譲渡《じょうと》してもだいじょうぶか話《はな》しあうというのだ。

弥生《やよい》はもともとソックスを飼《か》っていたのだから、愛情《あいじょう》をかけてねこの世話《せわ》をするってところは合格《ごうかく》だ。

ただ、住居《じゅうきょ》の問題《もんだい》が解決《かいけつ》しないと、わたせないという。

「弥生《やよい》さんのおかあさんは、ここにこられたとき、ソックスとはなれがたくて、泣《な》いてらっしゃいました。それでも手《て》ばなそうと思《おも》ったのは、引《ひ》っ越《こ》し先《さき》が決《き》まらないからとおっしゃってたから。」

ペットも住《す》める引《ひ》っ越《こ》し先《さき》が、見《み》つかるまでは、わたすことはできないのだという。

「だったら、あたし、ソックスといっしょにいられないの？」

弥生《やよい》が体《からだ》をふるわせていう。

ぼくも奥歯《おくば》をぐっとかみしめた。

今《いま》まで、けんめいにソックスをさがしていた弥生《やよい》。せっかく会《あ》えたのに、また、はなれないとならないなんて、かわいそうすぎる。

するとそれまでだまって聞《き》いていた米山《よねやま》さんが、体《からだ》をずらすようにしてソックスに近《ちか》より、ためらいがちにソックスに手《て》をのばした。

「ね、こういうのどう？　わたしがソックスの里親《さとおや》になるの。このねこ、目《め》がくりくりしててとてもかわいらしくて気《き》に入《い》ったわ。うちだったら、弥生《やよい》さんも、ソックスに会《あ》いにこれるでしょ？　わたしも一人暮《ひとりぐ》らしでさびしいから、遊《あそ》びにきてくれるのは大歓迎《だいかんげい》。うちのキャットタワーも役《やく》にたつし、とてもいいと思《おも》うの。」

「えっ？」

弥生《やよい》が顔《かお》をあげて、じっと米山《よねやま》さんを見《み》る。

ぼくも目《め》をむいた。

それって、すげー、いい案《あん》だから。だって、そうなったら、弥生《やよい》はソックスに会《あ》えるし、米山《よねやま》さんちのねこ問題《もんだい》も解決《かいけつ》する。

しかし、弥生《やよい》はすぐにいいとはいわなかった。目《め》をふせて、しばらくだまりこんだ。それから、ふるえる声《こえ》でいう。

「あのーっ、ソックスはひとみしりで、よくおなかもこわすし、こわがりで、手《て》がかかります。それでもだいじょうぶですか?」

「わたしもひとみしりなの。おなかもこわすし、こわがりで、手《て》がかかるおばさんだし。ソックスがどこで寝《ね》たって、だいじょうぶ。」

「それだけじゃないんです。ソックスは朝早《あさはや》くから起《お》こしにくるし、たまに、ひっかくこともあります。それに……。」

弥生《やよい》はわざと悪《わる》いことばかりいいたてている。まるで、米山《よねやま》さんをためすかのように。

しかし、米山《よねやま》さんは、そんなことたいしたことではないというふうに、おだやかな顔《かお》でうなずく。

「早起《はやお》きは、なれているわ。ひっかいてもらえるのも、うれしいくらいよ。手《て》がかかるねこちゃん、大歓迎《だいかんげい》。」

米山《よねやま》さんは、目《め》もとにしわをたくさんよせて、子《こ》どもみたいに顔《かお》をくしゃっとさせる。

弥生《やよい》は、なんどかまばたきをした。そして、ちらっとぼくを見《み》た。どうしようかとたずねるみたいに。

「弥生《やよい》。がんばれ！」

ぼくは思《おも》いをこめ、弥生《やよい》の背中《せなか》をトンとおす。

弥生《やよい》は、くちびるをきゅっとかむ

と、米山《よねやま》さんにむかって頭《あたま》をさげた。

「どうか、ソックスのこと、よろしくお願《ねが》いします。里親《さとおや》になって愛《あい》してあげてください。」と。

## 12

# 七《なな》つ道具《どうぐ》の七番目《ばんめ》は？

それから一か月後《げつご》の日曜日《にちようび》。

ぼくと弥生《やよい》は源《げん》おじさんの家《いえ》で、ホットプレートをかこんで焼《や》き肉《にく》をしていた。

「ハハハ。それにしてもうまくおさまったな。おまえたちがここまで活躍《かつやく》してくれるとは思《おも》わなかったよ。今日《きょう》はたくさん食《た》べてくれよ。安《やす》い肉《にく》だがな。じゃんじゃんいくぞ。」

源《げん》おじさんは、ビールを飲《の》んでごきげん。

「源《げん》おじさん、あたしたちのこと、子《こ》どもだからって見《み》くびっていたでしょ。子《こ》どもだって、やる気《き》になればすごい力《ちから》を発揮《はっき》するんだから。」

弥生《やよい》は鼻《はな》をふくらませた。

「ああ、いいコンビなことはみとめる。最初《さいしょ》、宙《そら》は弥生《やよい》の後《うし》ろをついていた形《かたち》だけどな。」

「あー、ひどい。ぼくだって活躍《かつやく》したよ。ゴミ置《お》き場《ば》にキャットタワーの段《だん》ボールを見《み》つけたのはぼくだぞ。米山《よねやま》さんちにエリザベスがいるって、発見《はっけん》したのだって、ぼくだぞ。ぼくがメモしたペット探偵《たんてい》ノートが役《やく》にたったんだ。」

ぼくはペット探偵《たんてい》ノートをかかげてゆらした。

「そっか、そうだったな。宙《そら》のおてがらだったたな。よくやったよ。それで、弥生《やよい》さんとおかあさんは、どんな感《かん》じだ？」

源《げん》おじさんは、ちらっと弥生《やよい》を見《み》る。

「やっと、仲直《なかなお》りしたの。おかあさん、悪《わる》かったってあやまってくれたから。」

弥生《やよい》のおかあさんは、家《いえ》が決《き》まらないことで困《こま》りきり、突発的《とっぱつてき》に保護《ほご》ねこカフェにソックスをあずけてしまったそうだ。すぐに弥生《やよい》に伝《つた》えなきゃと思《おも》ったが、弥生《やよい》が血相《けっそう》を変《か》えてソックスをさがしだしたので、伝《つた》えられなかったという。それからずっと気《き》まずくて、苦《くる》しかったそうだ。

そのソックスも、今《いま》は米山《よねやま》さんの家《いえ》でのびのび暮《く》らしている。無事《ぶじ》、トライアルの二週間《しゅうかん》が終《お》わり、審査《しんさ》にとおり、里親《さとおや》になれたんだ。なにかあったときの保証人《ほしょうにん》は、むすめさんになってもらったから安心《あんしん》だという。

弥生《やよい》も米山《よねやま》さんの家《いえ》に、ちょいちょいソックスに会《あ》いに行《い》ってるようだ。

米山《よねやま》さんちで、宿題《しゅくだい》をしてから、帰《かえ》ることもあるという。

「おかあさんもね。米山《よねやま》さんと仲《なか》よくなったんだよ。学校《がっこう》の近《ちか》くで引《ひ》っ越《こ》す家《いえ》も決《き》まったから、転校《てんこう》しないですむの。」

弥生《やよい》はこれからもソックスと会《あ》えるとよろこんでいる。

「それはよかったな。めでたい、めでたい。今日《きょう》は、たくさん食《た》べような。」

源《げん》おじさんは、うきうきとホットプレートに肉《にく》をならべだした。ジュー

ジューと油《あぶら》の音《おと》がはじけだす。

「ところで、おじさん、ペット探偵《たんてい》の七《なな》つ道具《どうぐ》の最後《さいご》の一つ、あれ、なんなの？」

ずっと気《き》になっているおじさん考案《こうあん》の七《なな》つ道具《どうぐ》。
①チラシ、②地図《ちず》、③トレイルカメラ、④ファイバースコープ、⑤捕獲《ほかく》器《き》、⑥洗濯《せんたく》ネット。
そこまでは、つかい方《かた》もふくめて理解《りかい》した。

しかし、いくら考《かんが》えても、最後《さいご》の一つが思《おも》いうかばない。

「ハハハ。そりゃ、わかんないだろうな。最後《さいご》の一つは道具《どうぐ》じゃないから。」

「ずるい。道具《どうぐ》じゃないの？　七《なな》つ道具《どうぐ》なのに。」

「道具《どうぐ》じゃないけど、道具《どうぐ》よりも大事《だいじ》なものだ。ペットさがしに一番《いちばん》たいせつなものだ。」

そういって、源《げん》おじさんは、自分《じぶん》の胸《むね》をトントンとたたいてみせた。そこに入《はい》ってると、いいたげに。

胸《むね》ってことは、心《こころ》とか気持《きも》ちに関《かん》することかな？

なんだろう。

弥生《やよい》は胸《むね》に手《て》をあてて、こわごわいう。

「その七番目《ばんめ》のもの、あたし、もってたりしますか？」

「そうだな。弥生《やよい》さんはしっかりもっていたな。最初《さいしょ》から最後《さいご》まで。」

弥生《やよい》のほおが少《すこ》し赤《あか》くなった。

「えっと、それならわかったかも。『ペットを愛《あい》する気持《きも》ち』、とか？」

「近《ちか》い。それも大事《だいじ》だけどな、ちょっとちがう。」

源《げん》おじさんはおしいと、首《くび》を横《よこ》にふる。

「ちがうの？　じゃ、なにかな。」

「まあ、食《た》べながらゆっくり考《かんが》えてみな。ほら、少《すこ》しずつ焼《や》けてきたぞ。」

源《げん》おじさんは、すぐにおしえてくれない。肉《にく》をひっくり返《かえ》しながらぼくたちをじらして楽《たの》しんでるみたい。

うーん、なんだろう。弥生《やよい》より先《さき》に当《あ》てたいな。

ぼくは、今《いま》までのことを順《じゅん》に考《かんが》えていく。

最初《さいしょ》、ペット探偵《たんてい》にたのめないとわかって、「一人《ひとり》でもさがす。」といっていた弥生《やよい》。

どんなに歩《ある》きまわっても、「つかれた。」といわなかった弥生《やよい》。

エリザベスの飼《か》い主《ぬし》に会《あ》って「ひどい。」っておこりだした弥生《やよい》。

どんなときも、弥生《やよい》の心《こころ》のどまん中《なか》にソックスがいて、見《み》つけだすといい続《つづ》けていて……。

「ぼく、わかったかも。『あきらめない気持《きも》ち』かな。」

源《げん》おじさんは、太《ふと》いまゆをひきあげ、目《め》をまんまるくした。

「おっと、当《あ》たりだ。おどろいたな。」

「やったー。ぼくも当《あ》てられたぞ。」

ぼくは両手《りょうて》をあげ、体《からだ》をゆらす。

「どんなに立派《りっぱ》な道具《どうぐ》をそろえても、あきらめない気持《きも》ちがなきゃ、まいごになったペットは見《み》つからない。だから、あきらめない気持《きも》ちが一番《いちばん》たいせつだと思《おも》って、おれの七《なな》つ道具《どうぐ》にいれたんだ。探偵《たんてい》もな、映画《えいが》やテレビの中《なか》だとカッコよく見《み》えるけど、じっさいは苦労《くろう》の連続《れんぞく》。しんどいこともある。」

「でも、源《げん》おじさんはペット探偵《たんてい》が好《す》きなんでしょ。」

「まあな。おれはこの仕事《しごと》で元気《げんき》になれたんだ。最初《さいしょ》につとめた会社《かいしゃ》でいやなことがあってな。人間不信《にんげんふしん》になった。ペット探偵《たんてい》なら、人間《にんげん》とつきあわなくていいかと思《おも》って始《はじ》めたんだ。」

源《げん》おじさんは顔《かお》をしかめてみせた。そういえば、前《まえ》の会社《かいしゃ》をやめたとき、だいぶ落《お》ちこんでいて、ぼくにも会《あ》ってくれなかったっけ。おかあさんも心《しん》配《ぱい》していた。

「でも、この仕事《しごと》で、ペットを思《おも》う人間《にんげん》たちにふれているうちに、元気《げんき》になれた。動物《どうぶつ》とせっするとき、人《ひと》は仮面《かめん》をぬいで、子《こ》どもみたいにむじゃきになるだろ。その人《ひと》の根底《こんてい》にねむっているやさしさに出会《であ》えるんだ。そういうの、いいなって思《おも》ってさ。」

「それ、わかる。」

弥生《やよい》が声《こえ》をあげた。

「動物相手《どうぶつあいて》だと、みんな心《こころ》のバリアをはずすんだよね。宙《そら》が米山《よねやま》さんにつめよったところなんて、勇気《ゆうき》があって、すごかった。宙《そら》が宙《そら》じゃないみたいだった。」

弥生《やよい》はこっちを見《み》て、にやにやする。

「なんだよ。もとからがんばるときは、がんばるんだよ。」

「へえー、そうだったっけな？　でも、ありがとう。宙《そら》がいっしょにさがしてくれて、心強《こころづよ》かった。」

「え、そ、そうぉ。」

とつぜん、まじめな感《かん》じでお礼《れい》をいわれ、ぼくはどぎまぎしてしまった。どんな顔《かお》をしていいかわからない。てれくさくて、つい、そっけなくいってしまう。

「もう、ぼくのこと、ちょっと残念《ざんねん》だとか、いわないでよ。」

「それはどうかな？　宙《そら》ってからかうとおもしろいから、これからも、いっちゃうかも。」

ふふふと弥生《やよい》は笑《わら》う。

「なんだよ、それ、ひでぇ。」

ぼくは口《くち》をとがらせた。

「まあまあ、けんかはあとだ。そろそろ肉《にく》が食《た》べごろだぞ。けんかしてると、おれが全部《ぜんぶ》、食《た》べちまうぞ。」

源《げん》おじさんがわりばしをふりあげる。

「まって、まって、源《げん》おじさん、ずるい。」

「あたしも食《た》べる。」

ぼくらはわりばしをパチンとわり、とりあうようにして焼《や》けた肉《にく》をつかみあげた。

「いただきまーす。」

「あー、おいしい。最高《さいこう》。」

とね。

## あとがき

赤羽《あかはね》じゅんこ

『ペット探偵事件《たんていじけん》ノート　消《き》えたまいごねこをさがせ』は、いかがだったでしょうか？

小学生《しょうがくせい》のとき、わたしは犬《いぬ》を飼《か》っていました。雑種《ざっしゅ》で走《はし》りまわるのが好《す》きな元気《げんき》な犬《いぬ》で、庭《にわ》からときどき、脱走《だっそう》したんです。そのころ、何度《なんど》もさがしまわった体験《たいけん》から、ペットをさがしてくれる「ペット探偵《たんてい》」に興味《きょうみ》をもち、物語《ものがたり》にしたいと思《おも》いました。

作品《さくひん》を書《か》くにあたって、『ペットヘルプ』という会社《かいしゃ》でペット探偵《たんてい》をされている吉田春子《よしだはるこ》さん、伊吹《いぶき》さん親子《おやこ》から、貴重《きちょう》なお話《はなし》をたくさん伺《うかが》いました。お二人《ふたり》の言葉《ことば》の端々《はしばし》から、ペットを思《おも》う深《ふか》い優《やさ》しさとともに、最後《さいご》まであきらめない強《つよ》い意志《いし》を感《かん》じました。

その中《なか》で、ねこはとりわけ生《い》きていく力《ちから》が強《つよ》いという話《はなし》も印象的《いんしょうてき》でした。飼《か》い主《ぬし》が「うちのねこ、ひとりでは生《い》きていけない。」と眠《ねむ》れないほど心配《しんぱい》しても、肝心《かんじん》のねこは、外《そと》の世界《せかい》でのびのび暮《く》らしている場合《ばあい》もあるそうです。

そんなペット捜索《そうさく》の事例《じれい》が『ペットヘルプ』のホームページhttps://pethelp-nippontansa.com/review/にたくさん載《の》っています。どの事例《じれい》にもペットと人《ひと》とのドラマがあり、ひきつけられます。興味《きょうみ》がある方《かた》はぜひ見《み》てください。

最後《さいご》に、これからも、ペットたちが幸《しあわ》せに暮《く》らせる社会《しゃかい》であることを願《ねが》っています。

## 参考文献《さんこうぶんけん》


『あなたのペットが迷子《まいご》になっても』　遠藤匡王《えんどうまさたか》　緑書房《みどりしょぼう》

『ペット探偵《たんてい》は見《み》た！』　藤原博史《ふじわらひろし》　扶桑社《ふそうしゃ》

『迷子《まいご》になったペットを探《さが》せ！　ペット探偵《たんてい》という仕事《しごと》』　高橋《たかはし》うらら　講談社青《こうだんしゃあお》い鳥文庫《とりぶんこ》

『ネコリパブリック式《しき》　楽《たの》しい猫助《ねこだす》け』　河瀬麻花《かわせあさか》　河出書房新社《かわでしょぼうしんしゃ》

## 赤羽じゅんこ

東京都出身。『おとなりは魔女』（文研出版）でデビュー。『がむしゃら落語』（福音館書店）で、第61回産経児童出版文化賞ニッポン放送賞、『なみきビブリオバトル・ストーリー　本と４人の深呼吸』（共著／さ・え・ら書房）で、第４回児童ペン賞企画賞を受賞。『たべもののおはなし　カレーライス　カレー男がやってきた！』『ぼくらのスクープ』（いずれも講談社）、『クスクスムシシを追いはらえ！』（国土社）、『５分で本を語れ　チームでビブリオバトル！』（偕成社）など著書多数。日本児童文学者協会理事。

## 中田いくみ

画家。「ぼくはイエローでホワイトで、ちょっとブルー」シリーズ（作・ブレイディみかこ／新潮社）、絵本『やましたくんはしゃべらない』（作・山下賢二／岩崎書店）、児童書『みんなのためいき図鑑』（作・村上しいこ／童心社）などの装画・挿絵を担当。ほか、漫画『かもめのことはよく知らない』『つくも神ポンポン』（いずれもKADOKAWA）などを発表している。



わくわくライブラリー

**ペット探偵《たんてい》事《じ》件《けん》ノート**

**消《き》えたまいごねこをさがせ**

2024年4月23日　第1刷発行

作　赤羽《あかはね》じゅんこ

絵　中田《なかだ》いくみ

装　丁　大岡喜直（next door design）

発行者　森田浩章

発行所　株式会社　講談社

〒112－8001 東京都文京区音羽2－12－21

編集 03(5395) 3535　販売 03(5395) 3625　業務 03(5395) 3615

KODANSHA

印刷所　株式会社ＫＰＳプロダクツ

製本所　島田製本株式会社

本文データ制作　講談社デジタル製作

N.D.C.913　142p　22cm





ISBN978-4-06-535295-3　シリーズマーク／いがらしみきお